Mirafiori

Manuel Jabois

Mirafiori

ALFAGUARA

Papel certificado por el Forest Stewardship Council®

Penguin
Random House
Grupo Editorial

Primera edición: octubre de 2023

© 2023, Manuel Jabois
© 2023, Penguin Random House Grupo Editorial, S. A. U.
Travessera de Gràcia, 47-49. 08021 Barcelona

Printed in Spain – Impreso en España

ISBN: 978-84-204-6143-4
Depósito legal: B-13705-2023

Compuesto en Arca Edinet, S. L.
Impreso en Unigraf, Móstoles (Madrid)

A L 6 1 4 3 4

*Esta novela no está basada en hechos reales.
Esta novela está basada en personajes reales.
Los hechos que se cuentan son los que esos
personajes cuentan.*

La muerte siempre me hace llegar tarde.

XACOBE CASAS

Para mi hermana

1

No me esperará dentro de la estación sino en la calle, apoyada en la puerta de un Fiat 131 Mirafiori con un Ducados en la boca para encenderlo con una cerilla en cuanto me vea, como si su director le hubiese dicho «¡acción!». Todo parecerá casual, pero en su cabeza habrá transcurrido una y otra vez. Se habrá despertado pronto para probarse un montón de ropa, alguna aún con la etiqueta colgada para devolverla después, y terminar eligiendo, como siempre, el vestido corto negro y las botas altas negras que tanto me gustaron cuando la acompañé al festival de Sitges. Habrá estado delante del espejo una hora —lo sé porque la cronometraba—, y al final decidirá no maquillarse apenas, solo una sombra en los ojos, pero no porque ella se vea mejor sino porque sé que su rostro lavado es el mejor de todos los que usa en la vida y en las películas, incluido el rostro que me vio al límite de la muerte en nuestro piso en Madrid, la misma mirada de Faye Dunaway a Warren Beatty cuando comprende en *Bonnie & Clyde* que los van a matar en segundos; esa belleza absoluta que solo aparece al fondo del terror, cuando ya todo da igual y lo que os pase os va a pasar a los dos al mismo tiempo, y nunca más se quedará ninguno solo, es decir, sin el otro.

Meteré el cargador del móvil en la bolsa cuando la megafonía del tren avise de que estamos entrando en la estación María Zambrano. Me despediré del chico al que le he pagado la cerveza en la cafetería, para entonces un viejo amigo, un adolescente amable, tímido y fuerte, con la esperanza de que no me acompañe por el andén, pues a veces basta que te despidas de alguien para no quitártelo nunca de encima. Aún en el tren beberé un sorbo de agua para dejar la botella vacía en el asiento, como siempre, cogeré la bolsa de viaje y saldré del vagón prediciendo el tiempo que hará esta noche, si seguirá el calor sofocante del mediodía o refrescará lo suficiente. No me pondré la chaqueta, que llevaré colgada del brazo, y la bolsa pequeña hará que ella piense —pero no diga— que siempre viajo con lo justo, ya sea ropa o enseres personales. No encenderé un pitillo hasta que salga de la estación, no miraré el móvil mientras dejo atrás el tren (por si ella me ha escrito un mensaje para decirme que no viene y no me queda más remedio que leerlo). Tampoco caminaré rápido por si me pongo a sudar, ni miraré a los lados como un fugitivo. Tendré ganas de verla, muchas, pero no tantas de estar con ella, y eso lo sabré porque en los cinco últimos años le he dado muchas vueltas a nuestra relación y al efecto que produce en mí.

Lo dejamos hace un tiempo, pero no el suficiente para que yo no recuerde ciertas cosas. Por ejemplo, que sonreirá al verme, una sonrisa desganada que va entre un «me has hecho perderme el rodaje de hoy» y un «más te vale que merezca la pena». Nos daremos dos besos —ella en los pómulos, como cuando me castigaba; yo con retardo, apoyando los labios en su cara y haciendo el ruido del beso al separarlos, para hacerla reír, y se reirá— y me preguntará qué tal el viaje. Le diré que odio los trenes y volverá a contarme —no es pesada, solo tiene mala memoria— que en un vagón se aprendió el papel de *Reyerta*, la película que la hizo famosa; le diré que, más que famosa, conocida, y que para las líneas de guion que tenía lo mismo hubiera servido que viajase en avión. Volverá a reír y le diré que en el cine habrá conocido a hombres más guapos, más altos y más fuertes, pero a ninguno que la haga reír como yo, y me contestará que, a su edad, a los hombres los quiere para pasearlos, como los vestidos, porque para reírse le bastan sus amigas. Recordaré que en los últimos tiempos me aburrían sus frases ingeniosas, que se notaba muchísimo que sus guionistas desechaban por artificiales.

Nos subiremos a su coche, iremos al Pimpi a tomar manzanillas, y en algún momento de la tarde ella querrá pillar y yo le diré que lo dejé hace cinco años, el día que nos separamos, y me dirá que no quiero pillar porque nunca se me levanta cuando me meto, y le diré que ya no me hace falta pillar para que no se me levante, y se reirá porque, «de todos modos, no íbamos a acostarnos». Yo no le diré por qué prefiero no pillar; ella no preguntará porque preferirá no saberlo, y hablaremos de nuestros amigos (los despellejaremos poniendo énfasis en que los queremos mucho) y de nuestros trabajos, tratando sutilmente de quedar uno por encima del otro utilizando perversas tácticas pasivo-agresivas. No me besará, nunca me besará. No me preguntará por mis padres. Tampoco por el accidente ni por mi último trabajo, que creerá abandonado, y creerá mal. Me habrá echado de menos y yo la habré echado de menos a ella, aunque yo piense, como siempre, que no lo suficiente.

Habrá un momento, cuando salgamos del bar, en que me dé cuenta de que su coche ya no es un 131 Mirafiori, y qué pinta en este siglo un 131 en general. Pensaré, y no será cómodo, en que yo había imaginado nuestra cita con tanto detalle, y tan seguro estaba de mis aciertos, que ni siquiera me paré a pensar por qué razón iba a estar ella apoyada en un 131. Pero estoy seguro de que estará apoyada en él cuando yo salga de la estación, y de pronto comprenderé que eso ya no es una suposición, sino una certeza.

Me detendré en la calle y dudaré de si estoy soñando o no, daré un paso detrás de otro muy despacio, como si el suelo fuese a desaparecer, tal y como deseo en mis sueños para despertarme: que el suelo desaparezca y yo caiga al vacío que me devuelva a la vida. Pero no lo hace: el suelo no desaparece. Le preguntaré si no me estaba esperando apoyada en un 131 Mirafiori y me dirá que ni idea del modelo del coche, pero que el suyo desde luego no era un Mirafiori, ya no era un Mirafiori («¿me vacilas?», preguntará con una sonrisa). Y descubriré poco a poco, a cámara lenta, que lo que había imaginado que pasaría al bajarme del tren no era una recreación, sino algo real. Por tanto, no lo estaba imaginando, sino viviendo. Podía sospechar lo que iba a pasar con Valentina Barreiro, al fin y al cabo mi pareja durante veintidós años y fácilmente predecible, tanto que yo ya no era su exnovio sino su algoritmo, pero nunca, de ningún modo, detalles tan absurdos como que la encontraría apoyada en un coche concreto, ni el modelo de ese coche.

Descubriré entonces que el paso previo al terror siempre es creer que no existe, el siguiente es asumirlo y aún hay otro más, el definitivo: encontrarle la ternura. Y solo entonces sabré por qué me extrañaba que no me hubiese preguntado por el accidente, y qué accidente era el que podía preocuparme sino el mío.

2

Las últimas palabras de la madre de Valentina Barreiro antes de morir fueron: «todos los que dicen que el dinero no da la felicidad son unos hijos de puta». Las oyeron su padre, su hermano y ella en la habitación del hospital. Cuando empezó a agonizar, su hermano estaba de guardia en el cuarto mientras Valen y su padre dormían en una sala contigua. Valen siempre recordaría lo horroroso que le pareció que su hermano los despertase con un «¡venid, venid, que ya va!», como si estuviese a punto de actuar el representante español de Eurovisión. Y su madre, que apenas había podido hablar en las últimas semanas, abrió un poco los ojos y dijo esa frase.

La noche siguiente Valen me contó que le dio algo de pena que se muriese tan lúcida. No quería decir que en el caso de morir tonta perdida no le fuese a dar pena, pero habría algo de consuelo si sus últimas palabras hubiesen sido una estupidez de calibre importante. «Siento mucho lo de tu madre». «Bueno, qué se le va a hacer, al menos no volveremos a escuchar sus estupideces». Pero no fue así. «Todos los que dicen que el dinero no da la felicidad son unos hijos de puta», sentenció. Valentina Barreiro nunca olvidaría la vergüenza que pasó en ese momento, tanta que no sabía ni para dónde mirar, porque «el dinero no da la felicidad» era la frase preferida de su padre. El hombre, clavado como una estatua junto a la cama, miraba a su mujer con los ojos llorosos, sin dar crédito. Fue como si al final de todo, sin posibilidad de réplica, ella hubiese querido aclarar un histórico malentendido familiar. Nadie dijo una palabra más en aquel cuarto. Incluso se dejó de llorar por la muerta como señal de respeto al vivo. «Eso estuvo fuera de lugar» fue lo único que dijo él al respecto muchos años después.

Valen y yo llevábamos saliendo unos días. Nuestra primera cita había sido el sábado anterior; luego la había visto otro día entre semana, durante el recreo. O sea, que me había encontrado de golpe un percal de narices. De repente tuve que conocer a su familia en el entierro —la primera vez en mi vida que me ponía una corbata—; allí todos llorando y moqueando y yo con los pañuelos de un lado para otro saludando como buenamente podía («encantado, mucho gusto, ¡oh, qué lastimosas circunstancias!») mientras dejaba un cuchicheo a mis espaldas («pero ¿este quién es?»). Muchos años después me acordaría todo el rato del ministro de Defensa calvo que se puso un implante capilar para estrenarlo el día de la Constitución, con tan mala suerte que tres días antes ETA mató a un concejal y él se presentó con un flequillo frondoso a dar el pésame a la familia y presidir el funeral de Estado; nadie sabía dónde meterse, claro.

Yo era el pelo nuevo de Valen, a la que se la sudaba todo, porque al menos el ministro ni se peinaba de la vergüenza que le estaba dando, pero ella me llevaba de un lado a otro presentándome hasta al de las Coca-Colas.

—¿Pero tu madre estaba tan mal? —le pregunté cuando salimos a fumar.

—Muchísimo.

—¿Y no podías esperar una semana a salir conmigo? —pregunté bajando la voz—. Es que estoy flipando.

Valen me miró muy resuelta y dijo:

—Ahora iremos a verla. Está bien, detrás de un cristal, muy guapa, porque algo bueno ha de tener morir joven. Estaremos solos en la sala, la conocerás y nos quedaremos allí un ratito, que hace calor y se está bien, y luego nos vamos a casa, ¿vale? Y no sé si esto saldrá bien o mal, pero mira, ya no nos olvidaremos el uno del otro en la vida.

La verdad es que era mi primera novia y yo su primer novio, así que no estaba el listón tan alto como para meter a una madre muerta en medio, pero si ella creía que así no nos olvidaríamos nunca, me parecía bien. Igual por nosotros mismos no éramos capaces; igual, digo, teníamos que enterrar a su madre en la primera cita y descuartizar a su padre en la segunda para, de ese modo, encontrarnos al cabo de veinte años y sonarnos de algo.

Creo que ahí me empezó a gustar, en esa inconsciencia que no tenía nada de pose, sino de indefensión. No era más que una niña asustada que empezaba a quedarse sola antes de tiempo, y en lugar de defenderse alquilando traumas a la carta y mandando la factura a los demás prefería escandalizar inofensivamente.

Entramos de la mano en la sala donde estaba el cuerpo. Se anunció entre susurros —al oído de un ejército de ancianas que parecía contratado para la ocasión— que Valentina quería despedirse de su madre. Las viejas fueron saliendo en procesión sin dejar de rezar mientras apretaban las cuentas del rosario, una a una, mirándonos entre el rencor y el desdén. «A rezar a vuestra puta casa», dijo Valen cuando nos quedamos solos.

Su madre era una mujer simétrica, hermosa para el canon, a diferencia de Valen, que tenía una belleza salvaje para quienes se la encontraban, como uno de esos ambigramas en los que todo el mundo ve una imagen y solo unos pocos elegidos la otra. Creo que era uno de esos elegidos, porque a ninguno de mis amigos le gustaba Valentina Barreiro.

—¿Qué es lo que más te gusta de ella? —interrumpió mis pensamientos.

—No sé —balbuceé sorprendido—, nunca... nunca había visto una muerta.

—¿Eso es lo que más te gusta, que esté muerta?

—No, eso no me gusta. Mejor que esté viva.

—Bueno, pero si estuviera viva ahora daría un poco de miedo, ¿no?

—Claro, mejor muerta.

—Tampoco te pases.

—¿Por qué hablamos bajito? ¿Se habla bajito delante de los muertos?

—No lo sé, no me sale hablar alto. ¿Tienes mucha experiencia con ellos?

—No, caray. Te he dicho que nunca había visto uno. No sé qué es lo que más me gusta de ella, no soy capaz de concentrarme en otra cosa que no sea su..., su estado. Su estado de «muerta».

—Buf, vámonos. Me estás agobiando muchísimo.

Se giró hacia mí mientras salíamos y me dio un beso en la boca. Nuestro primer beso. Sin lengua, un beso rápido, tanto que no sé si quería sacarme algo de los labios. Al salir del tanatorio se produjo una discusión —una de esas corteses que pueden tener más consecuencias que las hostiles— para ver en qué coches bajábamos a Pontevedra. Había allí un tío de ella, emigrante retornado que hizo fortuna en Venezuela, que nos invitó a bajar en su Mercedes Benz, pero preferimos irnos en el viejo 131 Mirafiori del padre de Valen, aunque iríamos todos más apretados porque llevábamos al abuelo paterno, un señor definitivamente gordo que sudaba como un dromedario.

—¿Seguro que no queréis ir en su coche? No vengáis por compromiso, allí iréis más cómodos —dijo el padre de Valen.

—Bueno —contestó el abuelo con la seguridad del que tiene un lema de vida y lo ha transferido con éxito a su hijo, cómplice de su chascarrillo—, nosotros ya sabemos que el dinero no da la felicidad.

Nadie dijo una palabra más hasta llegar a casa.

La primera vez que vi a Valentina Barreiro fue en La Madrila, un local de copas que abría por las tardes en unos sótanos de Pontevedra. Ocurrió porque un amigo nuestro, Chumbi, se fue hacia el grupo de ella, que estaba en medio de la pista, y le preguntó a Valen si le podía presentar a alguien. No sé si tenía claro a qué chica dirigirse y a qué amigo le iba a presentar, pero entonces las cosas funcionaban así. Sus amigas nos miraron para adivinar de quién se trataba. Se llevaban la manita a la boca, cuchicheaban. Sonaba «La bilirrubina», de Juan Luis Guerra, del disco *Bachata rosa*, que me sabía de memoria, aunque me cuidaba de cantarlo delante de mis amigos.

De repente Chumbi se plantó entre nosotros con una chica regordeta y morena que tenía un ojo que parecía un poco bizco y una mandíbula fuerte y masculina que me gustó muchísimo, pues por aquella época no sabía muy bien si era homosexual o no, y que la chica tuviera cara de chico era perfecto para ir descubriéndolo sin dar pasos en falso. Me adelanté un poco, como si fuese mía la orden de traerla a mis pies, y ella vino hacia mí, quizá para no ridiculizarme.

Yo tenía diecisiete años y ella dieciséis. Nos presentaron y nos dejaron solos; salieron todos en estampida como un grupo de Tedax que no estuviera muy seguro de haber cortado bien el cable. Reuní valor y le dije «¿quieres salir conmigo?». Tuve que repetir la frase tres veces por culpa de los últimos compases de «La bilirrubina». Ella bebió un sorbito de su copa de licor de melocotón con zumo de piña y dijo «¡vale!». Sonreí, y ella también sonrió. Recordaré esa sonrisa toda mi vida, esa sonrisa exacta de aquella tarde en La Madrila, la primera sonrisa de todas, saber cómo era y cómo iba a ser a partir de entonces, y nos fuimos cada uno por su lado; yo para casa, pues estaba conmocionado. Al día siguiente me llamó Chumbi. «Le pedí para salir», anuncié. «¿Qué te respondió?». «Que sí». Y de esa manera quedó sellada nuestra vida para siempre. El sábado 12 de octubre de 1996 a las 19.40, en una pista de baile en la que sonaba «Ay, negra, mira, búscate un catéter, / e inyéctame tu amor como insulina». Pues bien, el sábado siguiente estábamos todos en el tanatorio de San Mauro despidiendo a mi suegra.

Lo divertido fue lo que ocurrió durante la semana, entre un sábado y otro. En aquella época, y con aquella edad, pedir para salir a alguien era como reclamar perderlo de vista. Así que el lunes, cuando llegó el recreo, me fui muerto de miedo corriendo al baño de chicos del instituto Sánchez Cantón a mirar por las ventanas a ver si ella, que estudiaba en el Valle-Inclán, se acercaba con propósitos de novia, por lo general acompañada por dos amigas escuderas. Si le hubiera dado por venir, yo no hubiese bajado ni de broma. Pero nunca lo hizo porque, según le dijeron a Chumbi sus amigas, ella se quedaba en el baño de las chicas aterrorizada por si yo me acercaba a su recreo con propósitos de novio.

Pontevedra es una ciudad muy difícil para esquivarse, sobre todo si no tienes más de dieciocho años. Ese martes me la encontré en la calle Augusto García Sánchez, frente a la parada de taxis; al verme, ella se agachó a atarse los cordones hasta que pasé de largo. Al día siguiente, por fin, nos encontramos durante el recreo en Caramelos Novás, el local de golosinas más pequeño del mundo (creo que hasta tenía una placa en la pared). No hubo escapatoria. Y sucedió de una manera bastante romántica, además: nos encogimos de hombros, compramos dos Tanzanitos y, al salir a la calle, nos cogimos de la mano mientras los mordisqueábamos.

Esa tarde, al acompañarla a su portal, me contó que su madre estaba hospitalizada. Le pregunté —en ese momento creo que con mucha ligereza, como si se hubiese roto el tobillo— qué le pasaba. Y me dijo que había oído a los médicos decirle a su padre que no creían que llegase al domingo. «Y estamos a miércoles —dijo—. No es ni medio normal decir eso: está claro que hacen apuestas». La verdad es que sonaba raro de cuidado, pero hay médicos que están zumbadísimos.

Cuando volví a casa, pateando piedras como los protagonistas de los cuentos que leía entonces, pensé en esa expresión: «no llegar al domingo». Al morir te vas, pero los seres humanos habían encontrado un área de descanso: no llegar. Los médicos no dijeron «no llegaría viva», sino «no llegaría»; no hacía falta añadir nada: no llegaría a ningún lado. Así que no moría: dejaba de llegar. Yo, si fuese niño y volviese un día del cole a casa y mi vecino me dijese en el portal «tu madre no llega al mediodía», lo preferiría a «un coche reventó a tu madre y está boqueando como un pez en el hospital». No sé cuánto mejor, ojo, pero es otra manera de decir las cosas. «Dejar de llegar» significa que un día llegabas, y ya no; morir es que nunca habías muerto, y ahora te has puesto a ello.

Desde esos días de otoño de 1996, Valentina Barreiro y yo estuvimos más de veinte años saliendo. Pasamos juntos todo lo que teníamos pasar, y también lo que no teníamos que haber pasado. Fueron muchísimas cosas, entre otras razones porque en algún momento de la relación nuestras vidas explotaron como fuegos artificiales, iluminando el cielo de una manera perfecta para aquellos vecinos a quienes luego no les cayeron los cohetes en casa.

3

El 28 de noviembre de 2010, a las 8.34, un chico, quizá solo un adolescente, salió del mar en la playa de Paxariñas, en Portonovo. El océano estaba en calma; semienterrado en la arena podía verse el bracito de un muñeco de plástico que había dejado allí la marea sin ningún resto alrededor, lo que provocaba cierta inquietud. Hacía frío. Olía despacio a mar, como si se estuviese filtrando el olor por debajo de una puerta. Antes de que el chico apareciese de las profundidades del océano, yo estaba pensando en que un día, de niño, había soñado que era astronauta, y me estaba haciendo gracia recordar ese sueño con tanta exactitud, como si lo estuviese viviendo de nuevo: era un astronauta pequeño, el primer niño astronauta de la historia, un chaval de aldea que tenía problemas para aprobar la asignatura de Pretecnológicas y no sabía pronunciar la erre. «En el espacio todo eso da igual —decía muy serio, a mis nueve años, a unos micrófonos americanos—. *In the space, everything is okey*».

Todo sucedió a cámara lenta, como la repetición de una jugada polémica. De pronto, en el horizonte, empezó a verse algo de espuma. La primera impresión —que siempre es la más lógica y la más equivocada— fue que un banco de peces estaba comiendo en la superficie. Pero pocos segundos después asomó una especie de boya, y para cuando aquello tomó la forma de una cabeza ya se podía ver, sin duda, a un chico apareciendo, vestido de arriba abajo, mientras caminaba deprisa y con muchísimo esfuerzo; fuerte, joven, alto, como un primo del pueblo.

Llevaba gorro de lana, camiseta oscura, mandilón de pescador y botas de agua, y toda esa ropa le chorreaba como si llevase siglos dentro del mar. Subió caminando por la arena hasta llegar a un hombre que estaba sentado a mi lado y, temblando de frío, dijo «la cagué, hice algo muy malo, hice algo muy malo; dile a mi abuela que me perdone». El hombre, para mi asombro, le respondió *«si, fixeches algo moi malo e moi estúpido, pero a túa avoa quérete»*, y el chico, tras componer una mueca extraña, siguió su camino dejando ríos de agua en la arena y dijo, mirando solo hacia mí: «si ves a mi hermana, dile que estoy bien». Se perdió entre unas rocas y no volvimos a saber nada de él ni el hombre ni yo. Entonces miré el reloj de forma instintiva, como una manera de sujetarme a la realidad, vi que eran las 8.37 y le pregunté al hombre cuánto había tardado el chico en llegar hasta nosotros. Él se encogió de hombros con gesto de carcamal y dijo:

—Yo qué sé, ¿cinco minutos?

—Menos —contesté.

—Pues menos —dijo.

Y le calculé tres.

A ese hombre, casi un anciano, se le conocía como General Martínez. Era un tipo peculiar, más allá de que mantuviese conversaciones con gente que salía sin ton ni son del mar. Me contó que vivía en Lagarei, una aldea cercana por la que vagabundeaba pidiendo cigarros y monedas sueltas, como si

Lagarei fuese Nueva York. En invierno se acercaba a las playas de A Lanzada para ver a los surfistas. Se sentaba en la arena, no molestaba, fumaba y se iba, me dijo; era un hombre afable y sentido, de esos que la comunidad adopta como uno de sus «raros», una extravagancia social asumible y simpática. Eso era lo que se veía, y por tanto se sabía; sobre el resto, elucubraciones: años después me enteré de que parecía ser que recibía una subvención del Estado, había sido marinero y tenía —o no— más dinero del que se le suponía. Ese día mi percepción sobre él, condescendiente, cambió de forma radical; lo que él había visto yo lo vi también, así que aquello que se le considerase a él se me debería considerar también a mí.

Volví la vista al mar. Cuando no quieres creer en algo, lo primero que hay que hacer es asegurarse de que no se repita. Me puse a limpiarme de arena una bota y dije «¿qué fue eso?». Hay todo un género de preguntas que deben formularse mientras haces otra cosa, no como si no te importasen, sino para templar los nervios. Cuando yo llegaba de mañana a casa y Valen no sabía dónde había pasado la noche, se ponía a lavar los platos para poder preguntarme dónde había estado y hacer como que solo estaba echando el rato. Así que en aquella playa pregunté «¿qué fue eso?» y entonces, al limpiarme la bota de arena, vi que en la suela tenía pegado el envoltorio de un chupachups Kojak, así que empecé a quitármelo raspando la goma con la uña, deseando que me llevase toda la mañana. Ya no quería una respuesta, de hecho me había arrepentido de haber formulado la pregunta. Había que dejarlo correr. Como tantas cosas: las que nos pasaban y las que no nos pasaban nunca.

La sensación de irrealidad era agradable e incómoda al mismo tiempo, como dar un paso sobre el aire y no venirte abajo. No solo por lo que había visto, sino por mi vida. El hombre que tenía al lado, tan tranquilo. El chaval, que se había marchado tan pancho a sabe Dios qué otros océanos. El mar, que había vuelto a su estado natural. ¿Y si el que había fallado era yo? ¿Y si yo era el fallo, lo irracional a sus ojos, y no el resto del mundo que tenía delante? Seguía algo drogado, ya no borracho, pero a pesar de todo sentía que me tambaleaba encima de un hilo que me separaba del abismo, de modo que quise agarrarme a lo conocido, a lo de siempre. Pero ¿qué era lo de siempre? A lo mejor lo de siempre no era yo. Quizá aquello era ficción. La ficción sirve para todo, lo primero para mentirte y considerar que lo contado solo ocurrió en tu cabeza, que no llegó a salir nunca de ella. ¿Cuántas novelas en realidad no lo son? Escribir una verdad y tranquilizar al mundo diciéndole que es mentira: mentir dos veces. Habría que convenir en que no sabemos cuántas novelas se escriben como producto de la frustración de un autor porque sabe que, si la señala como no ficción, nadie le tomará en serio e incluso se reirán de él.

Muchos años después, un día que por fin le conté a mi doctor lo que había pasado y le comuniqué mi intención de empezar a escribirlo, me respondió que las novelas se escriben para hacer verosímil lo extraordinario, aunque agregó que no me creía. Añadió —como yo hubiera añadido— que quizá el chico estaba buceando, nadando o borracho y drogado, haciendo el tonto en el mar, incluso que el chico era yo, y que por alguna extraña mezcla de estupefacientes me había visto desde fuera como en una experiencia chamánica.

Mi cabeza empezó a pensar demasiado rápido; a punto estuvo de descarrilar. Aquel muchacho que había salido del estómago del Atlántico podría haber formado parte del rodaje de un anuncio o de una película. Como no había ninguna cámara ni nada que llevase a pensar en un rodaje, supuse algún espacio televisivo de cámara oculta, pero me despistaba la conversación del hombre con el chico, la cara crispada de dolor absoluto del joven cuando salió del mar, el espanto irreversible y la paz que encontró cuando oyó al hombre decirle que su abuela lo quería.

Pensé más cosas, todas las que hicieron falta, hasta que General Martínez —que me escuchaba pensar porque estaba pensando fuera de mí, hablando en voz alta— me dijo «mejor que no exista a que quieras explicártelo». No sé cuánto tiempo pasé queriendo explicármelo; puede que siga dándole vueltas para tratar de racionalizar lo que ocurrió. Y quizá esté en lo cierto y haya una explicación racional, aunque no vaya a encontrarla nunca. Mi madre siempre decía que en el futuro están todas las respuestas. «Todas, todas. No va a quedar nada sin saber», afirmaba mientras ponía hojas de periódico sobre el suelo fregado, nunca supe si porque lo necesitaba el suelo o porque tenía ganas de hablar de la trascendencia.

Alguna vez le había dado vueltas a cómo reaccionaría si viese un suceso paranormal, algo imposible de explicar, un acontecimiento que solo ocurriese en los libros y en las películas; es decir, en la imaginación. Pero todo fue más natural. Como el pinchazo que te dan un poco antes de que la doctora te diga «no lo vas a sentir». General Martínez y yo, allí sentados, estábamos mirando el mar mientras hablábamos, y vimos lo que vimos.

—Murió hace tiempo —dijo de golpe el General—. Un pobre chaval, un bendito. Mala vida, un mal consejo de alguien que lo quería mucho. Pero él embarcó. Yo lo veo mucho. *Leva tempo por aí.*

Me levanté de la arena y fui a buscar a los demás, que estaban rodeando el coche de Chumbi en el parking de la playa mientras se bebían las últimas cervezas. La playa era una cala pequeña y semisalvaje de aguas tranquilas que en verano tenía mucho éxito, porque lo pequeño siempre es exclusivo. Me pregunté, mirando a mis amigos, a quién se lo diría. A quién llamaría al día siguiente, ya sobrios. Lo tendría frente a mí en La Cueva de Javi y le contaría lo que había visto y lo que me había pasado, y le di vueltas a qué tendría que decir para que me creyese, para que pensase que no fue una alucinación o una visión provocada por las drogas. Y mientras lo pensaba nos subimos al coche y nos fueron repartiendo en cada casa. Al día siguiente no llamé a nadie. A los cinco meses ya lo tenía casi olvidado; había llegado a la fase en la que el culpable era yo, una muestra más de mi estado lamentable en ese momento: «Cómo iba, que llegué a ver muertos». En el fondo sabía que no era verdad, pero en la superficie me sentía más cómodo.

Meses después, la cosa mejoró: General Martínez fue detenido por masturbarse en la playa mirando a los surfistas y salió en los periódicos y hasta en el *telexornal*, así que viera lo que él viese, era imposible que alguien creyera ni una palabra de lo que dijo sobre lo que ocurría después de la muerte. Es absurdo, pero al mismo tiempo tiene su pequeña y delicada lógica: si eres un viejo al que le gustan los adolescentes, es más difícil que crean que ves fantasmas. «¿Cómo era ese espíritu, General? ¿Dieciséis años, desnudo, bronceado y con buen paquete?». La historia de aquel chico acabó en anécdota. ¿Y si era un buzo extraviado con ganas de vacilar? Ya no estaba seguro de lo que había pasado, quizá las cosas no habían ocurrido como yo las recordaba. Si pasaba constantemente con hechos reales, cómo no iba a pasar con los fantásticos.

Un día de finales de 2017, siete años después de aquello, en el mercadillo de antigüedades de la plaza de la Verdura de Pontevedra, encontré una foto antigua de Valen y mía. Era de la víspera de San Valentín, su santo y el santo del amor. Por entonces, un amigo que trabajaba en un periódico necesitaba imágenes de recurso para el día de los enamorados, así que Valen y yo posamos delante del cartel de *Interstellar*. Luego nos sentamos en las butacas de los Fylcines. Salíamos mirándonos mientras nos reíamos: yo con un jersey de lana, un colgante y un *piercing*; ella con chaqueta gris, el flequillo moreno y el pelo largo por detrás. Era una foto hermosa. La enmarcamos, la perdimos en una mudanza, la volvimos a encontrar gracias a los nuevos inquilinos del piso que abandonamos y volvimos a perderla al dejar otra casa.

Cuando la vi allí expuesta, me dio un vuelco el corazón; pregunté cómo la habían conseguido, y los vendedores ambulantes me respondieron que la encontraron apoyada en un contenedor verde en la calle Echegaray. Pedí precio, pagué por ella —por ese trozo bellísimo, quizá el mejor, de nuestra vida: los años en los que nunca perdíamos o empatábamos, los años en que solo arriesgábamos y ganábamos— y, al cogerla para llevármela, vi entre más fotos viejas la de un adolescente con gorro de lana, camiseta oscura, mandilón de pescador y botas de agua; cara de chaval fuerte, como los primos del pueblo. Sonreía a la cámara, feliz y dichoso, completamente empapado de arriba abajo.

4

El tren a Málaga frenó de repente, como si se hubiese estrellado contra algo; me quedé solo en la cafetería y fue entonces cuando sentí como si mis ropas o mi olor hubiesen llegado de un lugar lejano. El parón duró al menos dos horas. Aproveché el tiempo para desayunar y leer wasaps antiguos. Seguía en visto, y sin contestación, uno mío a Valentina del día que rompimos: lo consultaba a diario por si se movía, cambiaba, decía otra cosa o encontraba una interpretación más. El wasap era: «Sé todo lo que necesito saber para proteger lo que más quiero», y lo escribí en respuesta a uno de Valen: «Protégeme siempre».

Después de desayunar fui a sentarme en mi vagón. Mi compañero de viaje era un hombre oscuro al que mi padre, de gran palabrería, hubiera llamado «cetrino». Le pregunté si se sabía algo de lo que había ocurrido, y me respondió que no. Le dije que podía ser un accidente. «Qué desgracia», dijo, y siguió mirando los cristales. Luego volvió la cabeza hacia mí y pude ver que tenía la mirada congelada. Al reemprender la marcha, cruzamos un paso a nivel entre Almargen y Campillos. «Aquí hubo un accidente, pero fue hace tiempo», dijo mi compañero. Miré por la ventanilla. «Se cruzó un coche en las vías con el conductor al volante». Estábamos en algún punto de la meseta, uno de esos lugares en los que el único ruido en años es el de un tren batiendo contra un cuerpo humano.

Abrí el ordenador. En el escritorio seguían las fichas de los viajes de la actriz Valentina Barreiro. Por ejemplo, cada vez que iba a Málaga, pedía que le reservasen habitación en el hotel Vincci porque le gustaba que no estuviese ni demasiado cerca ni demasiado lejos del mar: lo justo para contemplarlo si quería, pero sin la necesidad de tener que zambullirse en él si alguien se estaba ahogando.

Siempre me había ocupado de su agenda. Llegó un momento en que solo aceptaba entrevistas si eran por escrito —estaba convencido de que era una escritora metida a actriz—, y había empezado a darse lujos que de joven solo podía soñar para luego abominar discretamente de ellos, como viajar en primera, tanto en tren como en avión. Vivir bien, en definitiva; todo lo bien que pudiese: comer en grandes restaurantes, beber buenos vinos, tener la mejor casa a la que pudiera aspirar. Seguía creyendo en la redistribución de la riqueza, y sabía que contribuía a ello pagando un montón de impuestos, pero en el fondo no eran tanto su adhesión a la causa de todas las oportunidades para todos, sino la cláusula de conciencia que ella disponía para, liquidada su aportación al Estado, darse el capricho de una vida sin sentirse mal o, mejor, sin dejar de ser de izquierdas. Estaba seguro de que había cambiado, pero aún quería convencerse de que no mucho; digamos que ya no era partidaria de expropiar las casas a los ricos y degollarlos si se resistían. Yo le decía la verdad, lo que creía que era la verdad, basándome en el prejuicio de que ella pensase realmente lo que creía que estaba pensando: que cuando estás a dos mil kilómetros de esos barrios, es fácil pedir que se quemen. Según te acercas, vas bajando el lanzallamas, y cuando estás a veinte metros de entrar allí por la puerta grande vuelves a subirlo y te das la vuelta con él: ya estás defendiendo todo lo que planeabas atacar, y por eso las cosas nunca cambian del todo. Porque cada año las élites dejan entrar a unos cuantos que no lo son para mantener el equilibrio; nunca son ellos los que ponen a buen recaudo la bodega: es un trabajo que les hacen a cambio de abrir de vez en cuando el segundo champán más caro y saludar a los viejos amigos desde su clase social prestada.

Le daba vueltas a todo eso mientras el AVE iba a máxima velocidad: al asiento confortable que ella tendría si viajase en ese tren, al desayuno que le llevarían en breve, a los periódicos que dejaron de ofrecer hace años porque la gente prefiere leerlos en las pantallas de sus móviles, para no perderse ninguna notificación de WhatsApp, Twitter, Instagram, Facebook, TikTok, Telegram, Gmail o Slack. Habría dos o tres minutos que dedicase a pensar en su situación de los últimos años, no más, tampoco fuese a ceder su asiento a alguien que lo necesitase más que ella. «¿Por qué viaja siempre en tercera?», le preguntaron una vez al padre de Gabriel García Márquez. «Porque no hay cuarta», respondió. Ella había pagado su peaje. Y recordaba cómicamente que, por falta de dinero, con quince años hizo autostop más veces de lo prudente. Dos hombres la invitaron a su casa y un anciano le pidió permiso para masturbarse. Se lo dio, qué más podía hacer, y el hombre estuvo masturbándose con la mano izquierda mientras con la derecha agarraba el volante, y ella miraba el paisaje de la costa por la ventanilla, con un ojo en guardia por lo que ocurría a su lado, sin saber exactamente por dónde venía el peligro: si por la mano izquierda o por la derecha. Aquello, recordó, le dejó una duda inquietante: ¿era diestro o zurdo? «Cuando un hombre tiene que conducir con una mano y masturbarse con la otra, ¿a qué tarea dedica la mano buena?», me preguntó.

Miré por la ventanilla el paisaje estúpido y absurdo que siempre se ve a trescientos kilómetros a la hora. ¿Por qué seguía siendo tan cruel con Valen respecto al dinero? ¿De verdad creía lo que estaba pensando? En realidad, nunca le dio importancia, más que para gastárselo a manos llenas y regalármelo a mí, que me esforzaba por merecerlo llevándole contratos, haciéndole facturas o agendándole entrevistas de promoción. Intentaba que mi vida junto a ella —la hermosa casa, los viajes, los restaurantes— no fuese un regalo porque, en caso de serlo (lo era), pensaría que lo hacía para tenerme en deuda. Odiaba esos pensamientos. Pero a los cinco minutos volvían y me quedaba con ellos, entretenido. A veces me convencía lo que pensaba. En otras ocasiones, lo rechazaba con asco. Estaba claro: no eran los únicos pensamientos que me rondaban, y casi todos respecto a cosas que intuía o sospechaba, nunca sabía, por tanto, me exigían un esfuerzo sobrehumano; me consumían del todo.

Me había enterado de que Valen estaba rodando en Málaga, de que había vuelto por fin de grabar una serie en Estados Unidos, y pensé que finalmente había llegado el momento. Continuaba buscando sus novedades en internet, seguía consultando sus redes a diario. Llevábamos cinco años separados; creíamos no estar ya enamorados —yo al menos lo creía, y ella seguro que no lo estaba—, pero todavía sentía una dependencia enorme hacia ella. Ocupaba mi vida como un elefante ocupa una bañera. Nunca la molestaba, eso no; no nos hablábamos y jamás nos escribíamos. En los últimos tiempos juntos nos contábamos la vida de esa forma superficial en la que hay que contársela a tu abogado. Nos comportábamos como si estuviésemos pasando por el detector de metales, ese caminar estúpido de la gente cuando un guardia de seguridad la está mirando: proponiéndose inocente, exagerando gestos de inocente, con mirada inofensiva de vaca. Habíamos hecho algo aún más doloroso que empezar a desenamorarnos: perder la confianza, no atrevernos a decir según qué por si al otro le molestaba, no atrevernos a hacer según qué chiste por si el otro no lo entendía o, peor, fingía no entenderlo, abriendo una distancia incómoda por desconocida, la más abismal que existe, la de quienes antes eran inseparables.

—¿Auriculares?

Sentí un escalofrío al oír de lejos esa voz, uno de esos calambres que agitan de golpe el miedo dentro del cuerpo. Pero seguía con la mirada en la ventanilla, tratando de volver a pensar en mis cosas, observando los paisajes de descampados y polígonos industriales como si fuesen cumbres nevadas de los Alpes suizos, algo que exigiera toda mi atención.

—¿Auriculares?

—No, gracias —dije sin volverme. En realidad, apenas la escuchaba, hablaba como si estuviese en la sala de espera de un hospital, acercándose mucho a mi oído.

El olor seguía ahí, el olor a circunstancia del pasado, el olor a nada en concreto; el olor a un tiempo que no era este. El olor a mala suerte. Pensé en la posibilidad de que se fuese sin más, incluso en que no volviésemos a cruzarnos en lo que quedaba de viaje. Que no me reconociese y se fuese; que me reconociese e hiciese como si no. Lo que hacemos todos al llegar a un momento determinado de nuestra vida: desconocernos los unos a los otros sin mucha ceremonia.

—Oye, perdona, ¿me vas a saludar?

Pero ella no estaba para filosofías. De nuevo su boca exageradamente pegada a mí. Volví la cabeza y saludé a Ruth García Currás, la chica más guapa del instituto. Nunca supe de cuál, porque yo no estudié con ella, pero una vez se lo dijo a Valentina —«yo era la más guapa de mi instituto»— y Valentina, en uno de esos raptos de ingenuidad que yo adoraba, la creyó. Pero realmente era muy guapa, y pensé si eso, de alguna manera, la había condenado a ofrecer auriculares en el vagón. Hay un momento en la vida de las mujeres extraordinariamente guapas y listas en que tienen que elegir con qué ganar dinero: si en un oficio en el que la inteligencia importe poco, en otro en el que lo que no importe sea la belleza o aspirar a todo: convertirse en actriz, en cantante, en algo en lo que pueda monetizar todos sus poderes. Ruth García Currás, nieta de Mariola Campuzano, la Nazarena, leyenda del cante jondo, quiso ser actriz. Compartía piso en una de esas calles modernas de Madrid donde se juntan los aspirantes a estrella más por tener un pasado que contar que un futuro que vivir, y a fuerza de hacer tantas pruebas y conseguir tantos personajes episódicos, terminó siendo uno de ellos en su propia vida: se convirtió en una chica que pasaba por allí, por la vida de Ruth García Currás, a veces haciendo de modelo de ropa de invierno, otras poniendo copas, en algún episodio —en este— trabajando de azafata de tren.

Me puse en pie con torpeza —nunca sé cómo se debe saludar a alguien que está trabajando con uniforme— y le di dos besos. «Te dejo, que el resto del vagón está esperando los auriculares», susurró, y miré al resto del vagón con sus móviles gigantes y sus tablets viendo, supongo, los últimos estrenos, mientras en las pantallas del tren salían los créditos de *Poli de guardería*: locos todos por que llegasen los auriculares de Renfe, sí. Ruth me empujó con suavidad a mi asiento (hasta con un punto erótico, como quien te empuja a sentarte en la cama). «Te veo en una hora en la cafetería; podré hacer una pausa», dijo, y antes de ofrecerle auriculares al siguiente y recibir la misma mirada que un tipo vendiendo clínex en un semáforo, aún se volvió y soltó «sé a qué vas a Málaga: a matar a mi abuela. Eres un hijo de puta». Rápidamente, puse a todo el vagón cara de no saber quién era su abuela ni nada parecido, y desbloqueé el móvil fingiendo que un mensaje que nadie me había enviado captaba mi interés. Pero nadie la había escuchado, hablaba ya como una serpiente.

Valen y yo habíamos conocido a Ruth nada más llegar a Madrid, durante la prueba para un cortometraje. Llevábamos dos semanas en la ciudad. Olfateábamos la capital, la estrujábamos, la recorríamos como quien recorre unas brasas: saltando por encima de las hogueras, yendo de acá para allá sin rumbo, participando en los gritos, entrando y saliendo de los sitios no para disfrutarlos, sino para presentarnos, para hacernos familiares allí; había algo de insolencia, de decir «a partir de ahora todo esto será nuestro y vosotros lo administraréis». Así era como había que conocer Madrid, como quien atraca una pastelería. Teníamos el dinero que mi padre había ingresado en la cuenta común para que nos buscásemos la vida un año, para que pudiésemos arreglárnoslas solos. Yo era ya por fin, fuera de Pontevedra, uno de esos pijos desocupados cuyos padres invierten en ellos: las ganancias para mí, las pérdidas a cuenta de la familia. Encontramos un buen alquiler en la calle General Pardiñas, al lado del intercambiador de la avenida de América; seguíamos con las mismas ganas de vivir juntos de principio a fin, sin desaprovechar escapadas, vacaciones o fines de semana. Contábamos, sobre todo, con una edad impresionante: veinticinco años ella, veintiséis yo. Los estudiantes eran unos críos; los curritos, unos viejos. Solo nosotros éramos jóvenes en Madrid. Para ser joven en la capital había que disponer de dinero y tiempo, y durante un año tendríamos ambas cosas.

Teníamos al principio, también, un pequeño grupo de amigos que se dedicaban a la música y al cine, e incluso querían hacerlo profesionalmente, ni más ni menos. También había periodistas, pero preferíamos no alternar demasiado con ellos: nos parecía admirable la capacidad que tenían de hablar de su trabajo durante horas; daban por hecho que nos interesaría, como si fueran astronautas, charlando con tanta pasión de redactores jefes que cualquiera diría que los habían conocido fuera de la Tierra. Trabajaban doce horas en la redacción y pasaban las siguientes doce comentándolas. El caso es que eran los que me convenían, porque entre escribir, tocar la guitarra o actuar delante de una cámara, con lo primero estaba seguro de que no me partirían la cara. Pero no podía estar con ellos sin drogarme para aguantar tanto periodismo y tanta democracia, así que las veces que quedaba con alguien para que moviese mis artículos o me recomendase terminaba dormido encima de él o echándole la boca a un camarero menor de edad, dependiendo de lo cortado que estuviese el *speed* (no consumía cocaína con periodistas, era un deber moral; la reservaba para soportar *entrepreneurs*). Casualidad o destino, la primera llamada a Valen surgió por una chica coruñesa del diario *ABC* que le dio el chivatazo: buscaban a una actriz para un corto. El casting sería en la calle Desengaño, detrás de Gran Vía.

Fuimos caminando juntos. A Valen le daba miedo el metro, decía que le producía claustrofobia. Llegamos al número y llamamos a un telefonillo. Todas nuestras acciones tenían el encanto de la primera vez, esos momentos que registrábamos en la cabeza para contarlos después, dentro de muchos años. Ya dentro del portal pensamos que nos habíamos equivocado de número. Hay gente que, cuando entra en un edificio desconocido, cree que se ha equivocado porque es demasiado lujoso, y comprueba la dirección; otra, como nosotros, la comprueba si no tiene portero, un señor agradable, madridista viejo si el portal está en la zona alta del barrio de Salamanca, que nos salude como si nunca hubiera saludado a nadie, con esa mezcla de calor y amabilidad con la que te reciben los buenos porteros, los porteros de siempre de Madrid. Pues bien: no había nadie. Ni tampoco ascensor. Había que subir tantas escaleras para llegar al casting que era imposible que aquel papel estuviese bien pagado, y pensé que bien podía ser para hacer de trabajadora de la construcción, porque Valen, rellenita, rompió a sudar en el segundo piso y llegó al quinto con la espalda tan empapada que, cuando me senté en una sala a esperar, oí cómo la recibía la voz de una tía que estaba buenísima y que no mascaba chicle, aunque moralmente sí: «la que nos faltaba, Miss Camiseta Mojada».

La chica era Ruth García Currás, y Valen hizo lo que hacía siempre con la gente que le caía mal en la primera impresión: acercarse a ella con curiosidad, desmontarla para saber cómo eran sus piezas y quién las había armado, volver a montarla y no darle tregua con su estupendo carácter. No debía ser sumisa ni parecer irónica, y todo ello sin mostrarse condescendiente; una buena tía, alguien para quien las envidias o los comentarios amargos estaban muy por debajo de lo importante: las personas.

Cuando tenía dieciocho años, una chica de Portonovo le escupió y le tiró del pelo porque creía que Valen se había intentado besar con su chico en las fiestas de San Roque. Ella se defendió, y las dos rodaron por el suelo del paseo marítimo. Lo pasó fatal por la vergüenza (las tuvieron que separar) y porque no sabía cómo reaccionar cuando se la encontrase de nuevo. La que sí supo cómo hacerlo fue la otra: cada vez que se cruzaba con ella, escupía al suelo. Un día que Valen conducía de Portonovo a Pontevedra, se la encontró a la salida del pueblo con una amiga, haciendo dedo. Paró y las invitó a entrar. Lo hicieron con cara de palo, no hablaron en todo el viaje y dieron las gracias al bajarse. Valen decía que no lo hizo porque fuese buena: lo hizo porque a ellas les jodió infinitamente más que parase que si hubiese pasado de largo. La amabilidad es la kryptonita de la gente que odia: no sabe reaccionar a ella, se bloquea, se enfada consigo misma —«¿para qué habré escupido en el suelo cuando la veía?»— y al final se rinde. Hay gente mala inmune, pero casi siempre es así.

Ruth, que esa mañana se permitió ser arisca y competitiva con Valen, terminó siendo una de las mejores personas que pasaron por nuestra vida en Madrid. Por mí jamás lo hubiese sido, pues la hubiera mandado a paseo ese mismo día, pero sí por Valentina, que la sedujo hasta sacarle algo mucho mejor que lo que nos enseñó aquel día. Con los años se volvieron inseparables —en realidad lo fuimos los tres—, y cuanto mayor fue el éxito de Valen y más evidente nuestro estancamiento, más nos acercamos Ruth y yo: más nos llamábamos, más quedábamos, más bebíamos juntos y más nos drogábamos, hasta que un día ocurrió lo inevitable. Por entonces no sabíamos que nos estábamos vengando ni que nos movía el rencor; eso lo averiguamos después. Éramos dos extraños solos en Madrid por los que pasaba el tiempo sin que nos cegase ninguna luz; siempre las mismas mañanas, las mismas tardes, el mismo supermercado y el mismo bar, mientras Valen bajaba de un avión para subirse a otro y encadenaba festivales o rodajes, y algo aún peor: no perdía la cabeza, no se convertía en una gilipollas, no dejaba de lado nada que no quisiese del pasado para reservar sitio a lo nuevo y deslumbrante, aunque solo fuera por unos días.

Ni siquiera podíamos reprocharle eso, así que Ruth y yo follábamos con más furia, con más rabia, tomábamos menos precauciones a la hora de no ser descubiertos, como si quisiésemos herirla. En mi caso, eran muchos años de relación, lo que me dejaba muy cerca del odio inconsciente; en el de Ruth, era por la explosiva sensación de que, pese a que Valen trató de ayudarla todo lo posible, los éxitos eran siempre para ella, así que supongo que atribuyó su generosidad a un plan maquiavélico del que solo Valen saldría vencedora. Como si la hubiese utilizado para crear karma. Pero todo esto lo supe con el tiempo, cuando me quedé solo. Ruth fue uno de mis pecados graves con Valen, y Valen lo sospechó hasta volverse loca (eso creyó) durante un par de días. No éramos amantes, ni siquiera podíamos ser novios: solo cómplices.

Ruth siempre hablaba y hablaba con orgullo de su abuela. Eso era lo que me reprochaba en el tren, por esa razón me esperaba en la cafetería. Porque de alguna manera sabía lo que estaba haciendo.

—Quieres matar a mi abuela. ¿Se puede ser peor persona?

Pero sí, se podía. De hecho, no estaba seguro de ser mala persona. Era una buena persona, alguien que quería hacer el bien a la gente. Ni siquiera discutí con Ruth. Le hice ver lo incomprensible que era encontrármela justo en aquel tren mientras iba a Málaga para quedar con Valen pero también, efectivamente, con su abuela. Quise contarle la cantidad de cosas que empezaban y se acababan cada vez más cerca en el tiempo, sin margen para pensar que era por casualidad. Si antes soñaba con alguien a quien hacía mucho que no veía y me lo encontraba a los pocos días, en ese momento soñaba con él y me lo topaba al abrir los ojos si estaba en el tren —acababa de pasarme con un presentador de televisión— o al poner los pies en la calle.

Era un ejemplo, tenía decenas. Quizá el más asombroso se produjo antes de separarme de Valen, cuando recuperé en casa una revista antigua, de 2010 o 2011, y leí una entrevista a un autor armenio que vivía en Nueva York del que no había oído hablar en mi vida. La pieza me pareció impresionante, la subrayé, la recorté y, cuando fui a guardarla, me llamó un amigo para decirme que estaba comiendo con ese tipo, el autor armenio que vivía en Nueva York, y que acababa de salir mi nombre en la conversación y querían que fuese a verlos.

Llegando a la estación, mientras cruzaba la rotonda de Atocha, recogí del suelo la hoja rota y seca de una revista en la que aún se podía leer este párrafo:

> En medio de todo eso, yo leía una novela. La historia de Florentino Ariza, un hombre que espera más de cincuenta años para estar con Fermina Daza, la mujer que ama. Hacia el final emprenden una travesía en barco. Él le ordena al capitán que ondee una bandera amarilla, que indica que a bordo hay en-

fermos de cólera, y fuerza una falsa cuarentena. El barco comienza a navegar, ida y vuelta por el mismo río. Cuando el capitán le pregunta «¿y hasta cuándo cree usted que podemos seguir en este ir y venir del carajo?», Florentino Ariza responde «toda la vida».

Al llegar a mi vagón, mi compañero de asiento iba leyendo una revista, y eché un ojo a la página en la que estaba. Pude entonces ver el mismo párrafo, justo el mismo que había leído media hora antes en la calle. Lo busqué en internet; pertenecía a un artículo publicado en junio de 2020 en *El País Semanal*, y lo firmaba Leila Guerriero. Por tanto, alguien había bajado periódicos antiguos a la calle para tirarlos, una hoja de hacía tres años había sobrevivido a lluvias y sequías o simplemente ese día había salido volando de alguna ventana, y al mismo tiempo un señor que ocupaba el asiento contiguo al mío había decidido rescatar esa revista para leerla en el tren. Daba igual.

El día anterior había visto una foto antigua mía con un jersey azul y rayas blancas marca Cos que recuerdo a la perfección porque tenía un chinazo en una manga, la quemadura de un porro, y esa mañana, camino de la estación de Atocha, me detuve en un semáforo a la altura de un chico que llevaba ese mismo jersey, y también un chinazo en la manga, aunque no era del mismo tamaño. A esas alturas, lo único que podía hacer era contemplar la belleza estática del mundo que empezaba a moverse despacio, poco a poco, para rodearme; la belleza del azar, de las preguntas sin respuesta; la belleza del mundo del medio, donde todo lo que es posible que ocurra, por mínima que sea la probabilidad, ocurre.

De repente me vi sin ganas de contarle todo eso a Ruth, que me estaba preguntando —poniendo los brazos rectos y separados del cuerpo, como un pingüino— «¿en qué medio trabajas?», como si fuese la jefa de prensa de un partido. Pero todo eso justificaba su presencia allí, en ese tren y no en otro, a esa hora y no a otra, conmigo dentro y no con otro. En ocasiones me pasaban esas cosas. No, no quería decírselo a Ruth. En realidad, solo tenía ganas de contárselo a Valen porque siempre quería contárselo todo a ella, y creo que el amor es eso: fabricar la confianza en la que se puede contar todo. Empecé a valorar incluso la posibilidad de decirle que había coincidido con Ruth en el tren, asignada al mismo vagón, mientras iba de camino a Málaga para encontrarme con su abuela y escribir su obituario.

Siempre, hasta el último día, adoré contarle cosas, tanto que a veces me las inventaba: a todas les encontraba la ternura. En ese instante, antes de empezar a contarle la última, Valen me pedirá un minuto para ir a por el tabaco, encenderá un cigarro sentada en el brazo del sofá —el de pelo blanco que teníamos junto a la ventana que daba a la calle del Clavel— y después de la primera bocanada de humo asentirá con la cabeza, cuando ya esté preparada. Y en cuanto yo empiece a contar la última de mis historias, la última de mis casualidades —cada vez más cercanas en el tiempo, cada vez más imposibles, cada vez menos casualidades—, la adornará con ruiditos, con gestos idiotas, con sonrisas de admiración o sorpresa; y caerá un libro o se abrirá un cajón («nuestros amigos»), pero sobre todo se caerá un libro, y tendremos que ver cuál es y qué nos habrá querido decir el que lo haya empujado.

Se levantará ella a verlo si eso ocurre, y cuando pase a mi lado le agarraré el tobillo y la arrastraré hasta la alfombra, y me pondré encima de ella y le morderé el cuello hasta hacerle daño, y ella gritará de placer hasta correrse porque puede correrse —o se corre más rápido— sin penetración, de igual modo que se engancha a la gente y la quiere con más intensidad cuando le produce dolor; y quiere mucho, pero con menos interés, a aquella que solo quiere darle placer. Y por eso duramos tanto: porque intuía el dolor, no porque lo sufriese, como cuándo éramos niños y lo adivinaron unas amigas de su madre que, tras mirarme, supieron que yo a Valentina le haría daño y le haría bien, sería con ella veterinario y carnicero.

«¿En qué medio trabajas?», seguía preguntándome Ruth. Qué vulgaridad había en ella de pronto, perdido el encanto de ser amiga de Valen, sin que nada me removiese por dentro al verla. Era injusto y cruel, pero me costaba disimular, y ella se daba cuenta. Lo que le faltaba a su ego de exmodelo era descubrir que los que se acostaban con ella lo hacían para fastidiar a su mejor amiga, la aldeana que interpretaba en el cine los papeles que ella tenía que limitarse a interpretar en su vida.

Recordé de forma muy lejana, como si hubiese ocurrido hacía muchos años o directamente en otra vida, que estaba enferma. Un recuerdo tan lejano que era como si lo hubiese soñado. El olor seguía ahí, el olor a circunstancia del pasado, el olor a nada en concreto: el olor a un tiempo que no era aquel. Pero no era el olor a mala suerte, sino que olía a lo que huele cuando desaparece la vida de las plantas, de los animales y de las personas; el olor repentino a cosas que ya fueron.

Me lo llegó a decir: llegó a confesarme que estaba enferma, que su tratamiento era muy agresivo y que su madre se había muerto «de lo mismo», y pensé en «lo mismo» como sinónimo de algo terrible y pensé también en la cara de Ruth, que no se merecía nada de esto: no se merecía haberse enamorado de mí, no se merecía que yo la hubiese manipulado para traicionar a su mejor amiga, ni se merecía «lo mismo» que su madre; pensé en la gente que iba a tenerlo todo cuando cumplió veinte años, aupada por la promesa de la belleza y del talento, y en cómo conocer a gente maravillosa —Valen y yo lo éramos— puede primero acomplejarte, luego anularte y finalmente destruirte. Ruth en aquel tren era la sombra de la chica impertinente que conocimos, a un paso de la soberbia. Quise preguntarle cómo estaba, pero se fue disparada.

No me dio tiempo a comprenderlo, aunque lo entendí minutos después, porque la megafonía del tren avisó de que estábamos entrando en la estación María Zambrano. Metí el cargador del móvil en la bolsa. Aún en el tren bebí un sorbo de agua para dejar la botella vacía en el asiento, como siempre, cogí la bolsa de viaje y salí del vagón prediciendo el tiempo que haría esa noche, si seguiría el calor sofocante del mediodía o refrescaría lo suficiente.

Tenía ganas de ver a Valen, muchas, pero no tantas de estar con ella, y eso lo sabía porque en los últimos años le había dado muchas vueltas a nuestra relación y al efecto que producía en mí.

Bajé del tren. Al apoyar los pies sentí las vías calientes, como si les hubiese dado el sol durante todo el día, aunque solo debían de ser las doce. Caminé por ellas sin mirar atrás ni a los lados, porque eso es lo que hacen los fugitivos. Todo parecía casual, pero en mi cabeza había transcurrido una y otra vez. Después de cruzar el vestíbulo de la estación, vi a Valentina Barreiro encendiéndose un Ducados con una cerilla, intentando ser natural, intentando sonreír y hasta saludar; intentando por todos los medios aguantar la cara de terror y consiguiéndolo durante algunos segundos, los más felices de todos.

5

Dos meses después de que empezásemos a salir, un día de lluvia y viento helado en la Pontevedra de mi infancia, Valentina Barreiro me pidió que la acompañase a misa. Supongo que creyó que era un paso adelante y decisivo en la relación. Un tributo a su madre, a quien ella acompañaba siempre. Así que un miércoles, al acabar las clases, fuimos caminando hacia la iglesia de San José de Campolongo. Tuvimos que hacer tiempo por los alrededores; compramos una bolsa gigante de pipas saladas y fuimos a comérnoslas delante de Dios, frente al templo, los dos sentados esperando cita. Allí me contó, entre otras cosas, que su madre y ella nunca iban a misa los fines de semana. Por cómo lo explicaba, me pareció que había una idea subyacente que no se atrevía a verbalizar y que consistía en que ir a la iglesia el domingo era de gente vulgar, como salir de copas los sábados, pero no lo llegó a decir, si bien no parecían faltarle ganas. Simplemente añadió «ir los miércoles lo hace especial». Me hacía gracia que repitiese tan a menudo que no era una novia como las demás, como si necesitase demostrarlo después de formalizar la relación en el entierro de su madre.

—¿Te confesarás? —me preguntó de golpe.

—Hace muchísimo que no vengo a una iglesia —respondí.

—Bueno, tranquilo, no hay que venir siempre. Pero yo no volvía desde que murió mi madre, así que tengo que saludar a sus amigas.

Asentí con la cabeza.

—No me hagas la humillación de no comulgar, a ver si van a pensar que follamos.

—La última vez que me confesé fue cuando hice la confirmación. No creas que hay mucho más que contar.

—Hombre —dijo soltando una carcajada—, que te conocí bailando a Juan Luis Guerra.

—¿Te imaginas que sea lo que piense toda la iglesia cuando vea que no comulgo, que bailo a Juan Luis Guerra?

«Toda la iglesia» eran seis almas cándidas y deshilachadas sentadas en el templo tan separadas que parecía que tenían a los muertos enfrentados. Todas las señoras mayores que van a misa entre semana, o se les ha muerto alguien o se les está a punto de morir y lo sospechan. Si hay hombres, es porque han ido allí a hacer *cruising*, a veces también el que dirige todo aquello. En ese nicho de universo fantástico, un mundo desconectado del que estaba fuera, al otro lado de las puertas, había hecho Valen dos amigas. Su capacidad para alucinarme seguía intacta. Con ella a su lado me sentía Colón embarcado todo el rato, viendo tierra un día desde el barco, encontrando seres humanos otro, de repente oro, más allá frutos, formas nuevas de comunicación, un clima distinto, asombro y expectación a cada paso en el Nuevo Mundo.

Las dos amigas eran hermanas: Isolina, que se había quedado viuda, y Elba, que había perdido a un hijo cuando lo atropellaron en un accidente de tráfico mientras el chico, electricista, arreglaba un semáforo. Isolina y Elba eran tan mayores que lo primero que pensé fue que el hijo de Elba habría traído el primer semáforo a Pontevedra, sin mucha fortuna al principio. Se saludaron dándose besos en las mejillas y muchos abrazos, como al celebrar un gol, y se fueron cada una a su banco a fingir que estaban enfadadas durante una hora, como en un ring, mirándose desde la esquina contraria; al acabar la misa, se reencontrarían de forma efusiva.

No había ido a una iglesia desde que me confirmé con el arzobispo de Santiago, Antonio María Rouco Varela, que después se hizo muy famoso en España porque fue arzobispo de Madrid. Estaba convencido de que conseguir más fama por ser arzobispo de Madrid que de Santiago de Compostela era la mejor prueba de la incompetencia de la Iglesia católica, y se lo dije a Valen, que estuvo de acuerdo, aunque me pidió que me callase la «puta boca» porque estábamos en mitad del sermón. El sacerdote dio varios mensajes importantes que apunté mentalmente, uno sobre la necesidad de que nos alejásemos de la violencia, como si estuviésemos todos dentro, las seis ancianas y nosotros. Valen comulgó, y me sorprendió porque llevábamos un par de semanas manteniendo relaciones, y en aquella religión eso era pecado. Luego me explicaría que había mandamientos que Dios hizo escribir por las risas, para ver la cara que ponía Moisés y de paso putear a los creyentes y comprobar hasta qué extremos ridículos llevaban su fe, como cuando le dijo a Abraham que sacrificase a su hijo más querido como ofrenda. Abraham mandó al niño a prender una brasas, y cuando le preguntó dónde estaba el cordero, al padre casi le entró la risa; y, mientras, Dios esperando a que cogiese el cuchillo para detener aquella locura. Por eso cada vez que una pareja de adolescentes empieza a tocarse y se para antes de follar, conmocionados por la cercanía del infierno, Dios se descojona desde el interior del armario —lo ve todo desde cualquier parte, pero le gusta esconderse para mirar por un agujerito, es una parafilia—. Según me dijo Valen, Dios es humorista: es más fácil creer en él si sabes que siempre está de cachondeo, si bien tiene algunos problemas con los límites del humor.

Cuando acabó la misa, Isolina y Elba se acercaron a Valentina y la agarraron del brazo con suavidad, una a cada lado, llevándosela a una esquina de los soportales de la iglesia. Si la escena hubiese ocurrido en el instituto, habría pensado que le iban a dar una paliza. Esa calidez en las formas de dos cogiendo a uno: «Vente para aquí, que te vamos a decir una cosita».

Ya había empezado a anochecer. Isolina, Elba y Valentina tenían una relación pintoresca. Las dos señoras eran mucho mayores que la madre de Valen. Calculé que podrían ser sus tatarabuelas, pero allí estaban, vestidas un poco estrafalarias —el pelo con mechas rosas de Elba, chaqueta de punto sobre blusa con broche, abrigos de piel, perfume Heno de Pravia (que reconocí porque era el que usaba mi madre los domingos)—, y Valentina, una chica de dieciséis años con vaqueros rotos ajustados, camisa de chico (de su hermano) por fuera y los labios pintados ligeramente de azul. Sin embargo, hablaban el mismo idioma, como si hubiesen disuelto las fronteras generacionales a bombazos. Valen me contaría mucho después que en las tertulias del bar Carabela, a las que nunca me invitaron, hablaba con ellas de restaurantes, de la impactante llegada a Pontevedra del sushi y del escándalo que eso provocó entre las ancianas —«¿pescado crudo? ¡Los hombres no nos van a necesitar!»—, de los vecinos —amoríos, hijos, rupturas o rumores de infidelidades— y sobre todo de la madre de Valen, a la que siempre recordaban con historias impresionantes. Me dijo que un día, después de contar algo que no sabía a ciencia cierta si había ocurrido tal como ella lo había narrado, un vaso vacío estalló en la mesa. «¡Esa fue tu madre!», exclamaron ellas, y Valen se mataba de risa contándomelo.

De su madre también parecía que hablaban aquella primera tarde en los soportales. Vi que Isolina rompía a llorar despacio, sin aspavientos, y Elba, mientras tanto, se acercaba a Valen y le decía algo al oído. Valen la cogió de la mano y se la apretó. Me acerqué mientras Isolina, una señora alta y fuerte, de pelo denso y corto —que me recordaba a Dorothy de *Las chicas de oro*—, se secaba las lágrimas abatida.

—Nos tenías preocupada, no sabíamos nada de ti —dijo Elba, mucho más bajita y frágil, separándose de Valen—. Desde que nos echaste de mala manera del tanatorio para entrar con este.

—Estuve conociéndolo. —dijo, y me señaló. Saludé sin respuesta.

—¿De dónde eres tú? —me preguntó Elba.

—De aquí, de Pontevedra.

—No, pero tu familia, ¿sois todos de aquí?

—Bueno, tengo unos abuelos que son de Coruña.

—¡Coruña! ¿Y qué tiempo hace allí?

—¿Allí? ¿Ahora? No sé. Más frío, supongo.

—¿Tu hermano y tu padre están bien entonces? —preguntó Elba a Valen.

—Bien, bien también. Bueno, mamá estaba muy enferma, ya sabíamos que esto iba a pasar.

Isolina permanecía a nuestro lado.

—*Falamos pronto entón?* —preguntó.

—Claro, dejadme tres días, solo tres días. Yo estoy preguntando por aquí y por el pueblo.

—*Tres días, veña.* Tres días solo, *non imos esperar máis* —dijo Isolina, ya sin lágrimas—. Denunciamos la desaparición, y si lo encuentran y tiene que ir a la cárcel, pues va. Pero va *viviño.*

Se dio la vuelta sin despedirse y se marchó sola, bajo la lluvia, caminando a paso ligero y encorvada, tratando de abrir el paraguas sin conseguirlo, lo cual le daba a la huida, tan digna, un toque de patetismo. Elba, más sonriente, más abierta, pelo de colorinchis a sus ciento ochenta y cuatro años, la disculpó: «ya la conoces, *filla*», y luego me miró como compadeciéndose de mí y dijo «yo creo que se va, fíjate, porque no le gustaste. A mí tampoco me gustas, pero malo no pareces». Y se fue ella también.

Vimos cómo se alejaban las dos bajo el paraguas, señoras religiosas y de dinero, señoras de misa los miércoles. Yo no sabía qué hacer ni qué decir.

—¿Eso fue una broma?

Valen se encogió de hombros. Le temblaban los labios, supongo que por el frío. Si fue una broma, no le había hecho gracia.

—Están un poco locas, si te digo la verdad. Pero estoy alucinando, no venía a cuento. En fin.

—Es surrealista. ¿Tiene que ver con mi ropa? ¿Conmigo? Si solo sonreí... ¿Les molestó que me acercase?

—No tiene que ver contigo, déjalo, por favor.

—¿Y cómo que tres días? ¿Qué quiere decir, de qué hablaba?

—De nada.

Nosotros no llevábamos paraguas, así que esperamos bajo los soportales a que parase de llover. Luego nos morreamos un rato, porque era esa época en que, cuando no había sitio, podías morrearte durante horas mientras probabas diferentes maniobras y afinabas los sentidos para saber si eran aprobadas o no (Valen, escandalosa, me pellizcaba el muslo si algo le estaba gustando mucho).

—Cuando terminéis... —interrumpió el cura desde la puerta.

Nos separamos aturdidos.

—Tengo que hablar contigo, Valentina. ¿Puedes venir?

—¿Puede acompañarme? —preguntó ella señalándome.

—Sí, claro —dijo mirándome con espanto sincero.

Era un hombre alto y apuesto, de esos que siempre terminan mal en las películas, porque Satán, listo como él solo, cae en la tentación de adoptar bellas formas humanas, como en las series *Misa de medianoche*, *Los Soprano* o *El pájaro espino*; hasta en *Los Simpson* descartó aparecerse como un gordo calvo bonachón, cura de toda la vida de Dios. Al diablo le delata la coquetería; echa a perder sus planes de conquistar el mundo por un flequillo o unas manos finas. Tendría este unos cuarenta y cinco años, la edad en que los curas conquistan a las esposas aburridas. También tenía nombre de guapo: Dani. «¡Qué locura es llamarse Dani siendo cura! Ni siquiera Daniel. Dani es nombre de surfero, del tío que te mola en clase, de cantante enrollado», dijo Valen al salir.

Nos llevó a la sacristía, y allí no se fue por las ramas. Mientras se quitaba la casulla, empezó diciendo bruscamente que no le gustaba que Isolina y Elba siguieran yendo a la iglesia. Valen le rebatió sin muchas ganas.

—¿Y entonces la iglesia no es la casa de todos, padre?

—De todos los que la respetan, Valentina. No son creyentes, vienen casi todos los días, roban velas, susurran maldiciones, siguen diciéndome cosas cuando se acercan a comulgar, pues tienen la vergüenza de comulgar y..., y no me gusta cómo miran, cómo sonríen. Parece que se están riendo de nosotros —dijo arqueando las cejas—, también de ti.

Valen se encogió de hombros.

—Son brujas, padre. La iglesia la ven con muchísima curiosidad, es normal. Quizá se lleven las velas para evitarse las hogueras.

—No es gracioso. —Al cura se le había demudado el rostro—. Esta discusión ya la tuve en su día con tu madre: no está bien que vengan. Tú tienes influencia en ellas, a ti te escuchan.

—A mi madre le hacían caso. Quedaré con ellas dentro de poco, pero no les pediré que no vengan a misa. A veces es lo único que hacen en todo el día; si no, no me salen de casa. Tampoco lanzan maldiciones, se lo aseguro, no invente cosas. Les diré que no roben y que no se rían de nadie, tampoco de usted. Pero Isolina no sabe qué ha sido de su nieto... ¿No puede venir aquí a buscar consuelo? Qué más da que crea o no en Dios. ¿Tampoco vale para esto?

El sacerdote se había sentado en una silla de plástico que parecía de chiringuito. Todo lo que había en la sacristía no tenía nada de reverencial. Era como entrar en el camerino secreto de un famoso y encontrarse una tienda de campaña. Me dio lástima aquel cura, parecía incómodo. Volvió a hablar: tenía la sensación de que su trabajo no se respetaba, de que su vocación no se tomaba en serio, y al mismo tiempo no podía impedir que aquellas mujeres fuesen a misa. Aunque, si no iban ellas, ¿quién iría? «Cuando esto acabe —se le escapó—, el único con el que podrá contar Dios será el diablo». Sentí hacia él una solidaridad instantánea, una comprensión infinita; hay pocas complicidades menos rápidas que las que provoca el agravio. Aquellas mujeres, Isolina y Elba, debían desaparecer de la faz de la tierra a no más tardar. Tuve ganas de apoyar mi mano en su hombro y decírselo.

—¿Qué se sabe de César? —preguntó—. ¿Se sabe algo de él?

—No, no sé nada —dijo Valen.

—Es raro.

—No es raro. Lo raro sería que se supiese.

—¿No se ponen carteles por ahí?

—Qué se van a poner, padre.

—Esto van a ser líos de drogas.

—Son líos de drogas, claro que sí. Los tuvo y los volverá a tener. No toma, padre, trafica y ayuda a la abuela con el dinero.

—¿Le habrán hecho algo?

—No creo. Aparecerá. Siempre aparece.

—¿Por qué hace estas cosas una y otra vez, una y otra vez? Irse, volver, desaparecer —explotó el cura.

—No lo sé. Por las drogas, por sus padres, porque se mira al espejo y se odia, porque no soporta el mundo. ¿Por qué desaparece un chico de dieciséis años? No tengo ni idea, lo raro es que no desaparezcan todos.

El cura resopló. Al final no era guapo, aunque lo pareciese a primera vista. Bastaba estar con él un rato para darse cuenta de la treta. Otros, más habilidosos, bajan la cara para ofrecerte un ángulo concreto, se llevan las manos a la boca o a la frente, se remueven el pelo para que la vista se te vaya hacia otro lado. Aquel cura era nuevo en eso de tratar de ser guapo, y no sabía ni por donde le daba el aire. Iba a calzón quitado con una cara que, en una primera impresión, parecía la de un guapo saludable, pero no era más que una bolla de pan.

—¿Me avisarás si te enteras de algo? —preguntó.

—Sí. —Valen puso los ojos en blanco—. Voy a tener que poner un anuncio en la prensa.

—¿Quién es César? —le pregunté cuando salimos a la calle.

—¿Ahora estás celoso? Un chico de mi instituto. Alguien que va a acabar mal como siga así. Pero no respondo preguntas —dijo Valen. Tenía un perfecto y cerrado acento gallego que me volvía loco.

—No voy a hacer más preguntas. ¿Pero por qué tienes que saber tú de la vida de César?

—¿Otra? Joder, haz alguna más.

—Ninguna, por hoy ya. No le gusto a las brujas.

Valen se rio. Sus labios cortados por el frío, el pelo soltándosele del moño amarrado con una pluma, la camisa blanca de rayas granates de su hermano. Olía a invierno y a leña, a cortinas cerca de la hoguera, olía a todas las cosas que están bien un minuto antes de que empiecen a estar mal.

—¿Viste la cara que puso el pobre? El cura cree que son brujas, vive en una película. ¡Qué cara puso! Cree de verdad que le echan maldiciones. «Cuando todo esto acabe», dice el enterado.

—¿Por qué no va a creer en las brujas, si cree en Dios? Lo raro sería que no creyese.

—También es verdad.

—¡A mí me echaron una maldición hoy!

—No te echaron nada. No les gustas, normal. A mí tampoco, pero como no eres maaaaaalo, salgo contigo. Así tengo el listón.

—¿Y si se referían al físico, ahora que lo pienso?

—A ver, guapo no eres. Pero tienes rollo.

—¿Qué es tener rollo?

—Que das ganas de follar. Y no soy la única que lo piensa.

—¡Venga!

—No, es verdad. Hace tiempo se habló en el insti. Antes de que me pidieses para salir lo hablaron estas. Que pones, ¿eh? No que seas guapo: que pones.

—¿Tú no dijiste nada?

—Yo callé y tomé nota. A alguien se lo conté. Y mira tú dónde estamos —soltó con una carcajada.

Era noche cerrada, no había ya rastro de luz del día; corría un viento frío que nos helaba la cara. En casa nos esperaba, a cada uno, un piso con calefacción, un colacao caliente, una tele encendida con la película o el concurso del día, un pijama gordo. Preferíamos el frío, los pies congelados, las manos casi con escarcha y la nariz colorada; preferíamos estar juntos un rato más, así que empezamos a patear despacio el centro de Pontevedra. Subimos la calle Andrés Muruais apretándonos el uno contra el otro, pasando por delante del Veracruz, donde algunos días mi padre me llevaba a comer pulpo *á feira*. «Mi padre es muy callado y ahora está muy triste, más aún. Yo creo que se está volviendo loco. Me parece que las únicas veces que lo vi fuera de casa fue en los hospitales y en los entierros», me dijo Valen. El mío, le conté, era extrovertido, bromista y ligón; sospechaba que engañaba a mi madre. Valen me dijo que todos engañan a todos, y que ese era el secreto de la felicidad. Luego se puso muy seria y me aseguró que era broma, que el secreto de la felicidad era la confianza, también la confianza para contarlo todo. Pensé entonces si ella me engañaría, y se lo pregunté cuando íbamos por la calle García Camba en dirección a la Oliva. «¿Engañarte en qué sentido? Hay muchos sentidos», quiso saber. Seguíamos sin ver a nadie porque las calles estaban como desmontadas; una pequeña ciudad de provincias cuando parece que alguien la recoge, doblándola con esmero, para llevársela y meterla en un cajón hasta la mañana siguiente.

Nos imaginamos cómo debía ser la vida de la gente que, estando como estábamos nosotros —sin refugio por la ciudad un día tan frío—, podía a esas horas entrar en la misma casa, tumbarse en el mismo sofá, ver la misma televisión, dormir en la misma cama. Algún día lo haríamos. Solo había que crecer, dejar pasar el tiempo. Solo había que esperar. Como el funambulista de aquella película: estar en el alambre era vivir, el resto era esperar.

—Y yo, ¿cómo soy? —preguntó de repente.

—¿Tú? Tú vas a ser muy guapa, seguro. Serás modelo o actriz.

Valen soltó una carcajada.

—¡Voy a ser más guapa! ¿Y cómo soy ahora? Eh, soy una adolescente, a ver qué dices, que podría suicidarme.

Supe que sería modelo o actriz porque era demasiado inteligente para limitarse a ser una única persona, y esos oficios permiten ser varias; cuando se sube a la pasarela o se enciende la cámara, permiten divertirse con partes de ti mismo con las que no te divertirías si la gente las creyese reales. No tenía que ver con el físico , sino con su prodigiosa mirada sobre el mundo.

En mi instituto solo me gustaba a mí. Y hasta que me enamoré de ella la consideraba, como todos, una chica del montón. Pero un montón en el que solo estaba ella; el montón de la chica rara y a veces solitaria que leía demasiado y vestía como le daba la gana y le interesaba todo, sin filtro. Yo también era del montón, pero era un montón en el que estábamos casi todos. Tampoco nuestros respectivos amigos eran de los populares del instituto, en esa extraña fórmula según la cual lo popular estaba asociado a lo malo y a lo bello. Éramos dos niños que se habían enamorado por primera vez. Y Valentina Barreiro, a los dieciséis, no era, en absoluto, la mujer que sería con veinte o veintiuno, la belleza dichosa de su juventud. Para entonces estaba tan absolutamente enamorado que solo reparaba en su belleza porque lo hacían los demás; para mí era la chica que acababa las frases con la coletilla «¿verdad?», siempre o casi siempre vestía con ropa de chico y se sujetaba el pelo con una pluma de su padre, como una asesina en serie.

Quería haberle dicho eso, y habérselo dicho con tacto, pero su mano entre las mías se había endurecido. La sentí tiesa, rígida, y cuando le miré aquella mano regordeta de cinco dedos como cinco dedales había palidecido. Durante una décima de segundo pensé que había perdido el conocimiento o que había muerto. «¿Te viste la man...?», y no pude continuar porque su cara estaba igual, amarilla de repente, en un gesto imposible de describir, imposible de pintar en un cuadro, algo que no podría reproducirse nunca, de ninguna manera, en ningún soporte. Tenía los ojos vacíos de expresión, alucinados, y los labios secos de golpe. Tuve ganas de gritar yo mismo antes de que ella, sin sangre en la cara, dijese: «¡No, no, no!». Y entonces me di cuenta de que no se lo decía a nadie; a mí no, desde luego. La sangre le volvió a la mano, me la apretó muy fuerte y se levantó arrastrándome con ella. No pude decir nada, ni ese día ni los que siguieron. Tenía prohibido hacer preguntas. Al principio pensé que estaba de broma, pero era verdad: no podía preguntar. Duró años.

6

En Navidad de 2017, poco después de encontrarme en aquel mercadillo la foto del adolescente en la playa de Paxariñas, desapareció General Martínez, enfermo y pobre; nunca tuvo mucha salud ni dinero, así que supongo que a la Muerte no le costó encontrarlo. Lo comprobé en Lagarei, la aldea en que vivía, donde a pesar de todo se le guardaba cariño. «Quién no se masturba al ver a un buen rapaz... —dijo una anciana en bata color berenjena, sacando medio cuerpo de casa—. Lo que le hicieron a ese hombre no tiene nombre. Te dejo, que *teño* la comida al fuego».

El General, según contaban los vecinos, fue un pobre viejo con mala suerte.

—¿En qué consistía esa mala suerte?

Muchos callaban. Pero insistí. Y a fuerza de insistir una buena señora me dijo, como para sacarme del medio:

—A ese le hablaban los muertos.

—¿Y qué le decían? —pregunté a tontas y a locas.

—Le aclaraban cosas, le mandaban recados, se sacaban algo de encima que no pudieron sacarse en vida: una culpa, un remordimiento.

Llamé a varias puertas, visité un par de bares. Mis abuelos eran de Vilalonga, el pueblo vecino, y me presentaba con las credenciales de ellos; eso me hizo ganar alguna confianza. Había mujeres que tenían al General por loco, uno de esos que hacen de la aldea un lugar pintoresco y agradable, como una leyenda pacífica; otras mostraban pura indiferencia; las más lo definían como un hombre que, en efecto, veía muertos muy de vez en cuando, o escuchaba sus ruegos, y a veces ayudaba a los vecinos de una manera que ellos no querían que se le explicase. Llevaba consigo un olor extraño y profundo, el olor de los que están en contacto con el otro mundo. Los hombres no me dijeron una sola palabra; las señalaban a ellas para que decidiesen si hablaban o no, como si fuesen las representantes de los asuntos del más allá.

Valentina y yo llevábamos años viviendo en Madrid porque su carrera por fin despegaba, pero siempre pasábamos las fiestas en Galicia. Y yo había aprovechado los últimos días para presentarme en Lagarei a hacer preguntas, a hacer eso que en gallego tiene palabras hermosas: *foscallar* o *fuchicar*, revolver, curiosear de manera poco sutil y desordenada, sin un objetivo claro. Reuní material con destino incierto, solo empujado por una curiosidad agotadora, un interés dentro de mí que no he vuelto a tener nunca con nada que no estuviese relacionado con Valentina Barreiro.

Yo había visto algo increíble que mi cerebro trató de borrar y que mis ojos no olvidaron, y, aunque podía aspirar a que mi vida siguiese igual si pasaba de largo, no podía arriesgarme a que me ocurriese otra vez sin tener al menos alguna información. La información es buena, sana, llena de aire las habitaciones, infla las cortinas, levanta el polvo; históricamente, el conocimiento nos ha hecho sufrir menos, aunque al principio pueda doler más.

Guardaba ese secreto sin saber si lo era. Buscaba para no encontrar. Desde que vi aquella foto, desde que me aseguré de que el chico de la imagen era el mismo que habíamos visto en la playa siete años antes, resolví creer en lo que tenía delante y no olvidarlo como si nada.

Tampoco había muchos más misterios en mi vida ni tenía mucho más qué hacer. No sabía exactamente cuál era mi carrera profesional, más allá de colocar en revistas digitales algunos artículos que no me daban para vivir, y solo me encargaba de la casa y de asistir, cuando lo necesitaba, a Valentina. Mis sueños se diluían sin saber cuáles eran, que es la forma más perversa de perderlos: no encontrarlos; los de Valen empezaban a cumplirse de forma implacable, si bien al principio con mucho dinero y poco prestigio gracias a una serie de éxito que aborrecía pero que ya llevaba dos temporadas grabándose.

Cuanta más brecha se abría entre nosotros, más miedo tenía de perderla, más la engañaba con cualquiera por mis inseguridades —«seguro que ella también lo está haciendo, le sobra con quién», pensaba—, más tiempo dedicaba a lo que me había hecho feliz desde que era adolescente: beber con mis amigos (renovándolos a medida que se iban retirando de la calle) y fingir no enterarme de que el alcohol y la cocaína (por citar sustancias omnipresentes) me habían sentado de maravilla hasta los veinticinco años, no me sentaron ni bien ni mal entre los veinticinco y los treinta y cinco, y desde entonces empezaban a sabotearme. El chico rápido y divertido de las tres cervezas que seducía en la sobremesa necesitaba, con urgencia, una copa de whisky y una raya a modo de autosabotaje. Entonces el habla mermaba, la vocalización fallaba y la velocidad de pensamiento se desaceleraba hasta parecer un perfecto disminuido. Y durante el proceso, que la gente miraba entre la compasión y el asco, iba consumiéndome en resacas interminables.

Pero me gustaba creer que estábamos bien. Por entonces me gustaba creer que estábamos bien. Llevábamos veintiún años juntos; el tiempo pesaba más para dedicarlo al perdón que al reproche. Vivíamos en un primero de la calle Infantas de Madrid, aún viajábamos mucho a Galicia y teníamos amigos actores, músicos y periodistas, así que pasábamos muchos días drogados hablando mal del talento de los demás mientras estropeábamos el nuestro. Manteníamos sexo a menudo, experimentábamos con él, jugábamos sin prejuicios: nos gustaba meter a chicos en cama, a veces alguna chica si ella o yo teníamos capricho. Muchas veces hacíamos vida independiente, a menudo viajábamos sin el otro, con amigos nuevos o viejos; el aire y la distancia nos hacían bien, ayudaban a desconectarnos y a desconocernos. Hablábamos y reíamos, y a pesar de tener una vida juntos repleta de historias, no recurríamos a ellas porque teníamos la sensación de que hacerlo era echar mano de un recurso barato para convencernos de que debíamos seguir unidos más por lo que teníamos detrás que por lo que se nos planteaba delante. Claro, de vez en cuando recordábamos, de vez en cuando reíamos recordando, y contábamos a los amigos alguna gran historia, pero evitábamos batallitas, evitábamos nostalgias, evitábamos el pasado por ser una alegría de segunda mano, una alegría ya usada.

Un fin de semana estábamos en Rascafría, en el valle de Lozoya, y Valen, con el aliento helado, me preguntó si alguna vez me había aburrido con ella. Le dije la verdad: no. En tantos años, no recordaba haberme aburrido nunca con ella. Recordaba amarla, odiarla, envidiarla, admirarla y despreciarla, pero no me aburrió un solo minuto. Ella, que había bebido vino en la comida y tenía los ojos brillantes y tristes, añadió que nunca nos aburriríamos porque siempre habría algo al otro lado, y pensé que tantos años juntos nos habían convertido en pequeños dioses el uno del otro. Y en tanto que dioses, había que creer en nosotros sin pruebas. Y no se podía preguntar; había, como mucho, que esperar.

Aquella Navidad no le conté lo que me tenía entretenido respecto al chico salido del océano, ni la casualidad, o no, de haberme topado con la foto de aquel náufrago inverso, del muchacho que abandonó el mar para venir a ahogarse en la tierra.

Esos mismos días, paseando mientras escuchaba música, observé a una mujer mayor sola cogiendo agua de una fuente en varias garrafas. La reconocí vagamente, una cara familiar del pueblo, aunque no pude ponerle nombre. Me ofrecí a ayudarla. Se negó con malos modos. Yo iba andando con los cascos puestos; me los quité y le hablé en gallego:

—*Son o neto do Recho.*

—*Fillo da Saturna ou da Mercedes?* —preguntó mirando de soslayo, elevando la cabeza mientras achicaba los ojos.

—De Mercedes —contesté—. La que casó con Urbano, los de la farmacia. De Saturna es poco probable, porque los dos sabemos que está loca.

—*Toliña xa de nena* —dijo con una sonrisa. Y me señaló una de las garrafas, que cogí.

No había más de medio kilómetro hasta su casa, una barbaridad para aquel cuerpo que en tiempos parecía haber sido grande y capaz de levantar con esos brazos escuchimizados litros y litros de agua, el océano entero. Le salían hebras de pelo blanco de la gorra que llevaba puesta, que me recordaba a las que usaba mi familia cuando había vendimia: Caja Rural, Pinturas Acritón, SEUR. Aproveché el camino juntos para sacarle a ella el tema. Le dije que yo estaba esos días por Pontevedra, aunque vivía en Madrid, y que me habían contado que había muerto un hombre que conocí hacía años al que llamaban General Martínez. Sonrió en silencio, una sonrisa de mal fario, y murmuró:

—*Xa foi.* ¿Y qué se te perdió con ese hombre?

Le respondí la verdad:

—Nada. Era un anciano que siempre veía por las playas de A Lanzada, Major, Paxariñas... Yo hacía surf —mentí—, y a veces hablaba con él. Era un tipo... ¿raro?

—*Pois xa sabes que o detiveron, non? Por ir mirar surf.*

—*Sei.*

—*Pois xa sabes todo o que tes que saber.*

Le pregunté si ella lo había conocido con un acento, a mi juicio, demasiado cantarín —«*E vostede coñeceuno, entón?*»—. No respondió. Caminábamos despacio por la acera, había poco tráfico; hacía frío, empezaba a anochecer. Insistí, con tacto, en preguntar por el General, y su cara se empezó a crispar como si fuese un detector sensible que en determinados caracteres salvajes ayudan a predecir un cambio, pero no su intensidad. Conocía a esa clase de viejas. Me había criado entre ellas. Mi abuela podía ser la mujer más espantosa del mundo, y nunca supimos desentrañarla del todo, a veces simplemente era una desconocida. Odiaba a los africanos, por ejemplo, a los negros de los relojes y las alfombras que llamaban a la puerta, pero poco más sabíamos de otros odios fulminantes que la acechaban por capricho. Lo de aquella señora, sin embargo, no era odio sino incomodidad, y empecé con cuidado, para no precipitarme, a sospechar el porqué.

Cambié de tema y traté de hablarle de Nochevieja, pero fue peor: ¿qué tenía que preguntarle yo a una señora de aldea, una anciana, sobre sus costumbres navideñas? Estaba a un paso de ser denunciado al Observatorio de las Esencias del Rural, ese corro de universitarios de ciudad que vela por la paz de los autóctonos como si fuesen tribus amazónicas no contactadas, creo que para ahorrarse contactarlas ellos y tener que visitar a la abuela en Troáns cuando están tan bien en el ambientito de Santiago.

Llegamos a la puerta de su casa, casi un galpón, en proceso de ruinas.

—¿Vive sola?

—*E vasme violar ou que?*

—Preguntaba.

—*Preguntas moito.*

Lo intenté una vez más, la última. Merecía la pena; en esas situaciones, siempre funciona. ¿Podría escribir yo algo del General? ¿Quién era y de dónde venía?

—*Ese home a mín axudoume moito. Morreu e deixoume de axudar, non hai que darlle máis voltas.*

Se le llenaron de repente los ojos de lágrimas con la última frase. Parecía más esquelética y frágil de lo que era. Una mujer en vísperas, un mundo en derrumbe con gente como ella dentro.

—Yo…, yo a lo mejor puedo ayudarla.

La luz volvió a su cara. Me fijé: era vieja de un modo espectacular, como si no hubiese nacido nunca nadie antes que ella. Y sonreía. Su voz cambió. Di un paso atrás.

—¿Tú me vas a ayudar? ¿Cómo? ¿Igual que me ayudó la puta de tu novia?

Se me empapó la nuca con un sudor instantáneo y violento. Ya era de noche, y habían empezado a ladrar los perros junto a las cancillas de las casas vecinas. La mujer franqueó la puerta. «Pasa —dijo—, déjame el agua sobre la mesa de la cocina».

Dudé pero entré, y al hacerlo reconocí un olor, el olor de un perfume que había olido muchísimos años antes, cuando era adolescente: el perfume Heno de Pravia de mi madre, el mismo que usaban Isolina y Elba, las amigas viejas de Valen. Pero aquella señora mayor —que entonces supe que era Isolina, una Isolina transformada en señora de aldea de siempre, abuela viuda— olía a otro tiempo.

—Aquí soy la señora Isolina, no me llames Isolina a secas —dijo mirándome de reojo como si yo estuviese sopesando llamarla «Iso».

Por supuesto, se estaba riendo de mí, pero opté por callar; no le pillaba el punto, era una vieja correosa con la que no te la podías jugar. Esa clase de ancianos que llevan tanto tiempo cerca de la muerte que no sabes si ya todo se lo toman en serio o en broma.

Sentí un aliento helado en mi espalda. La tenía detrás, llevándose la última gota de oxígeno de la habitación. Todo era tan irreal que empecé a encontrarme cómodo. Incluso me sentí en familia cuando vi en aquella casa de planta baja, en una mesa camilla cubierta por un bordado, entre fotos enmarcadas y postales, la imagen de un adolescente con gorro de lana, camiseta oscura, mandilón de pescador y botas de agua; cara de chaval fuerte, como los primos del pueblo. Sonreía a la cámara, feliz y dichoso, completamente empapado de arriba abajo.

—*De que queres falar, a ver.*

La señora Isolina se sentó en un viejo butacón, encendió el televisor y le quitó el volumen. «Típico de viejos —pensé—. Con ver les basta, no necesitan oír».

—Mira, cuanto más vivo estás más te cruzas con todos los vivos. Con el tiempo, te empiezas a cruzar con algún muerto, muy de vez en cuando, cada mucho. Pero cada vez son más, y hay un punto en el que ya recuerdas a más gente muerta que viva. Hasta que al final, como me pasa a mí, ya solo hay muertos por todas partes. No sabes en qué mundo estás. Mis amigas, mi hermana, mis padres, mis vecinos. No queda nadie vivo en el mundo que me haya conocido de joven.

—Eso no lo puede saber.

—Solo falto yo por morir. Hasta se murió mi nieto, mi único nieto... —Se echó a reír, señalando la foto del chaval—. ¿Por eso preguntas por el General? ¿Te dijo que lo había visto?

Qué desvalida parecía entonces, consumiéndose en una vieja butaca amortajada en una manta de viejo, rodeada de cosas viejas. ¿Hacía cuánto que aquella mujer no tenía algo nuevo en sus manos, algo nuevo en su casa, algo nuevo delante de ella, algo de hacía menos de cuarenta o cincuenta años? Tenía la piel azulada que se le pone a los viejos poco antes de que les tiren tierra, el parpadeo de la muerte en el cuerpo. Sus manos, sus ojos, los brazos hinchados. Pensé que ya no era Dorothy. Se había convertido en otra chica de oro, una a la que no le habían escrito el guion. Se animó un poco más, como una niña pequeña: «*conta! Que che dixo o vello maricón?*».

Entonces recordé que era mi cumpleaños, pero aguanté un poco sin decírselo, como si le hurtase un regalo. Ojalá hubiese tenido velas en alguno de los cajones. Fuera había empezado a llover, y en aquella casa se estaba bien. Había luz y calor. Nada me apetecía más en ese momento que ponerme a llorar y que la señora Isolina me cantase «cumpleaños feliz, cumpleaños feliz, / te deseamos todos, cumpleaños feliz». Y reparé en que lo más nuevo que habían visto los ojos de señora Isolina era algo, yo, con treinta y ocho años recién cumplidos.

—¿Tú crees, entonces, que mi nieto apareció muerto así como así? ¿No querría algo de ti?

7

No dormí la noche anterior al viaje en tren a Málaga porque de repente no sabía qué decir cuando nos encontrásemos, ni cómo peinarme, ni si le gustaría que me hubiese puesto las zapatillas deportivas que llevaba el último día que la vi, y que cinco años después estaban lo suficientemente gastadas como para costar el doble, ni si les encontraría el punto a los vaqueros, sucios y rotos como si fuesen de marca. No paraba de mirar mi billete de tren para estar seguro de la hora; lo miraba una vez, pasaban diez minutos y volvía a mirarlo, y así de forma compulsiva hasta que confirmaba la hora que estaba viendo. Caminaba por casa con la violencia de quien camina para abandonarla para siempre, pisando el parquet como si pisase cuerpos, parándome en cada lugar que acogiese un recuerdo o una esperanza, una conversación interrumpida, sexo a medio terminar. No había agua ni luz, quizá los habían cortado el día anterior o antes, porque si algo había perdido era la noción del tiempo. La idea de presentarme sin duchar me pareció excitante, porque una de las cosas que Valen prefería de mí era el olor; un olor que no era a champú ni a gel ni a desodorante ni a perfume, sino el olor particular que cada uno va creando a lo largo de su vida según sus alegrías y decepciones, un olor que le pertenece como la huella dactilar, pero sin detectarlo: un olor solo reservado a los demás, algo muy íntimo que pertenece al resto del mundo, pero no a ti.

Era la primera vez que salía a la calle en mucho tiempo. La primera vez que dejaba una casa a la que ya no sabía si pertenecía yo o ella a mí. Fue como salir de una lata de conservas. Caminé de Chueca a Atocha. Un día de finales de febrero, primavera en Madrid, donde las estaciones siempre se adelantan unas semanas. Me preparé una bolsa mínima y me miré por última vez al espejo con toda la compasión que pude reunir; no mal del todo, delgado pero no esquelético, despeinado, con hebras de pelo brillante y gris, ojos oscuros y unos labios heridos, secos, porque apenas los despegaba a lo largo del día. Tenía la cara desconcertante de quien se ha escondido de sí mismo durante mucho tiempo y necesita volver a acostumbrarse a su cuerpo y a su voz con la calma del que sale a gatas de un coma. Mi coma era Valen, e iba hacia ella. Y poco antes de salir de casa y de regresar al mundo, de volver a la luz del sol y a sus rayos rebotando por todas partes a las nueve de la mañana, iluminando los cristales de los taxis y los postes de los semáforos, dediqué los últimos minutos a preparar ese encuentro en mi mente. La conocía de la manera trágica en que un hombre conoce a una mujer que ya ha perdido. La conocía mucho mejor que cualquier parte de mi cuerpo. Al fin y al cabo, me la habían amputado, y dedicaba horas a observarla mientras intentaba moverla sin resultado.

Lo primero que vi al salir a la calle Infantas fue una farmacia, la que teníamos enfrente del portal. Estaba entrando un niño de unos diez años con su madre. El pequeño, que se había recogido la pernera del pantalón de chándal, tenía una herida en la rodilla, por la que sangraba hasta el tobillo. Poca cosa, pero muy espectacular. Me quedé mirándolos. Compraron alcohol, vendas, desinfectante. El chico estaba emocionado: «¡rodé por el suelo como Batman!». Después de salir a la calle, su madre, una mujer morena de nariz fenicia, trataba de conectar por videollamada con el padre del niño para que él le contase la aventura. La escena, profundamente estúpida, me impresionó. Había sangre, ternura, cuidados; había hasta un pequeño feliz de haber rodado por el suelo como Batman. Pensé en la última vez que había visto sangre, y cómo corría no por una pierna regordeta, sino por cristales, tanta que parecía parte de una película en la que un director hubiese dicho «¡acción!». Pensé en la última vez que había salido de un portal y me había colocado bajo aquel cielo enorme; pensé en la última vez que me había puesto bajo la mirada del universo, sin que nada nos obstaculizase: movía la cabeza hacia arriba y sentía que estábamos de tú a tú y, de haber tenido un potente telescopio, podría habérselo susurrado: «ahora, por fin, tú y yo».

Pensé en las últimas personas que había visto. En Chumbi y su mirada de husky siberiano paseándose por mi casa mientras bebía cerveza y me enseñaba, alarmado, la pantalla del móvil. Pensé en Valen y en sus últimas palabras, llorando en nuestro piso, y en su cara, que ya empezaba a despojarse de juventud e inocencia, en la tristeza irreversible que llenaba sus rasgos cada vez que me veía y se dejaba convencer por mí para alargar un amor que ya solo era una más de sus compañías: algo intermitente, restos que quedaron flotando en el mar y que aún prometían brillo si uno se acercaba lo suficiente como para admirarlos, pero lo suficientemente lejos para no poder dañarte. Pensé en todas las cosas que quería y que había perdido, pensé en el rumbo inútil de la vida de todos, en los espantosos cielos de aire contaminado que la gente creía bellos, como bello fue Chernóbil cuando estalló; trataba de no pensar en nada, pero ya era tarde: ya lo había pensado todo.

Y sin embargo la belleza de aquel universo componiéndose de nuevo me llenaba los pulmones de un viento eufórico. Aquellos seres que habían salido de la farmacia hablaban, se emocionaban, sangraban, y solo eran los primeros del resto del mundo. Siguieron sucediéndose delante de mí escenas de la vida de todas las criaturas fantásticas que a esas horas empezaban a llenar el centro de Madrid. Era una belleza inadvertida y despreciada para quien la veía cada mañana porque la daba por sentada, pero existía, y solo había que cerrar los ojos el suficiente tiempo para apreciarla al abrirlos de nuevo.

Callejeé cerca del paseo del Prado para perderme un rato por el barrio de las Letras. Nada más cruzar una esquina, vi saliendo del portal a una mujer a la que, de golpe, un coche en frenada levantó del suelo y lanzó a dos metros de distancia. Había orina corriendo cerca de mí, y seguí su cauce como el que sigue un río calle abajo hasta perderlo de vista, sorteando piedritas y plásticos y botes de Coca-Cola y una zapatilla deportiva que había perdido con el golpe. El topetazo espabiló la calle desierta, y las mujeres salieron a los ventanales a pegar voces con los trapos en la mano, agitándolos al sol con una ilusión vandálica. Hubo resoplidos y señores corriendo de un lado a otro a pasos cortos, casi de ballet, haciendo aspavientos coreografiados, y se gritaba cada diez segundos que llamasen a la ambulancia. A los niños se los llevaban en volandas y los metían en las tiendas, tras los mostradores, y una mujer pidió a gritos un médico cuando quizá debería estar pidiendo una autopsia.

Un hombre muy enterado se abrió paso con cierta autoridad y agarró el brazo de la accidentada para tomarle el pulso. Otro le pedía que mantuviese la calma. Allí estaba el jaleo de las ocasiones importantes, de las grandes incidencias de la vida. Aquel color, aquella luz de la mañana, aquellos gritos: era imposible estar más vivo, imposible no admirar la belleza de aquel dolor, de aquella inquietud, de aquel miedo; era la vida preocupándose por que una de las suyas no se fuese al otro lado. Los imaginaba años después, alardeando borrachos en un bar: «vi una muerta»; o algo aún peor: «le salvé la vida a una mujer». Me hubiera gustado acariciarlos a todos.

«Fango de escuela —pensé—, la hierba recién cortada de los parques de Campolongo y aquel olor a abono que me hizo vomitar un día». Durante unas décimas de segundo, el coche y la mujer estuvieron en mitad de una calle, y en ese momento —me dije reculando— uno ya se encuentra en el centro del círculo, solo, de manera perfecta. No hay fisuras en esa soledad ni rendijas por las que se cuele cierta luz. Está solo como podía estar en el mundo la primera persona, y aún más solo antes. Y al marcharse uno, aparece el mundo alrededor en sus pliegues ridículos y, como de lejos, se oyen las voces y los sobresaltos, y si uno cree estar muerto asistiendo a esa comedia, ve el cartón y le parece que, cuando estire la mano y rasque, aparecerán aún detrás los hierros y los cables. Aquella era la vida y aquel el túnel, quise decirle a la mujer, pero no aparecía la famosa luz. Por primera vez temí por mi alma, porque al final de todo, incluso de la vida, siempre asoma la sombra de un traidor.

La multitud entrañable creció. Rodeó a la víctima como a un pozo desde el que grita un niño, y me fijé en que las chicas más jóvenes se llevaban la mano a la boca, no sé si por el impacto o por ese gesto tan coqueto de impedir que se les vea la sonrisa. Quise decirles que las quería. Que las había querido toda la vida. Finalmente sonreí como un viejo que se marcha, y juraría que ellas también lo hicieron.

Llegué a la estación a tiempo. Olvidé rápido lo visto y lo vivido en mi camino, porque en mi cabeza solo existía Valentina Barreiro de una forma perfecta. Había bloqueado tantas cosas en los últimos tiempos, y había dejado correr otras tantas, que no solo sabía lo que era importante y lo que no, sino también lo que era real y lo que definitivamente no podía distinguir si lo era. Tenía una obsesión insana por Valen. Era tan consciente de ello como de que, tanto tiempo después, no podía corregirla; de hecho, había aumentado hasta que fue imposible vivir. Era algo que había crecido a los pocos días de separarnos, como una planta descontrolada y venenosa: colonizó mi cerebro de una manera que los primeros meses solo sobreviví porque sospechaba que el tiempo lo curaría.

Para entonces ya me había peleado con amigos comunes —amigos de cortesía, porque íntimos no me quedaban— hasta deshacerme de ellos por sospechar que le habían contado cosas horribles de mí (el problema no era lo que yo hiciese ni lo que yo contase que hacía, sino que ella lo supiese). Me había desahogado con desconocidos a los que me habían presentado cinco minutos antes, contándoles detalles escabrosos de nuestra relación, confesando las torturas psicológicas que ejercía sobre ella sin reparar en que lo eran, y divagando sobre sus presuntos pecados que me habían obligado a actuar así. A veces apenas dormía diez o quince minutos, dejaba de comer, lloraba sin control y el pecho me dolía todo el rato, como si la ansiedad fuese una tenia enrevesada que, en vez de comerse mis alimentos, empezase a devorarme a mí mismo.

Pero nadie contó conmigo: con mi supervivencia dentro del sufrimiento, tan natural que aquel duelo sordo y pegajoso de los primeros tiempos lo alargué indefinidamente, lo convertí tanto en parte de mi vida que no existía más que el dolor de vivir sin ella; un dolor al que de ningún modo renunciaba, ni aunque quisiera, porque me la recordaba todo el rato. No la llamé, nunca la vi —y casi cada día podía saber, porque lo buscaba, dónde estaba y a qué horas: rodajes, eventos, comidas familiares, conciertos, bares, restaurantes, de ahí que supiese que había vuelto de Estados Unidos— y jamás supo de mi locura o de eso tan parecido a la locura. Yo transmitía indiferencia: había pasado página a los pocos meses de dejarlo, había dejado de hablar de ella y más aún de preguntar por ella, seguía mi vida limpia y alejado de las drogas, ni siquiera la felicitaba por sus éxitos o por su cumpleaños. Ningún wasap, ningún like, ninguna señal de que yo había construido un mundo independiente de ella que consistía solo en ella, como un pagano al que arrancan los ojos para creer definitivamente en Dios. No me reconciliaría nunca conmigo, siempre sería mi adversario más duro, mi enemigo más hostil.

Cuando quise darme cuenta, ya estaba caminando por encima de las vías del tren. Llegué corriendo al andén, muerto de miedo, y después me subí a mi vagón a la carrera, y pensé que esa también era una forma de estar en la vida, siempre subiendo para salvarla y subiendo, después, para que te llevase a morir a otra parte.

8

A los ocho años, Valentina Barreiro se despertó en mitad de la noche, vio a un hombre sentado de espaldas a ella en su cama y comenzó a chillar hasta que apareció su madre y le apretó la cabeza contra el pecho, meciéndola hasta que la niña se calmó, y le dijo «ya no está, se ha ido, puedes dormir tranquila».

Valentina Barreiro diría mucho tiempo después que estaba tan paralizada por el miedo que no se dio cuenta de lo que le había dicho su madre, y solo cuando evocó la escena y recordó de forma nítida sus palabras, se le heló el cuerpo, dejando una parte de él congelada para siempre. Esa era la parte que yo tenía prohibido tocar, la parte que no enseñaba nunca a nadie.

La memoria es tan divertida y tramposa que Valentina Barreiro, con los años, terminaría jurando que su madre se había presentado en su cama con dosel vestida con un camisón raído y un candil. No sería la única interferencia entre la cultura popular y su vida, ni la última vez que esa confusión la ayudaba a entenderse. Valentina terminó convencida de que hay cosas que no sabemos que tenemos hasta que nos empiezan a doler, y aprendió a convivir con una parte de su cuerpo muerta de frío, aprendió a distinguir lo que era cuento de lo que era vida, aprendió a identificar dolores desconocidos, pero no para sanarlos, sino para comprenderlos, y a vivir con ellos cuando llegaban y se quedaban un buen rato.

A la mañana siguiente, Valentina desayunó los cereales con leche que le preparó su madre en aquel piso estrecho de la travesía dos Calvarios de Portonovo, lleno de cachivaches, que siempre olía al caldo del fin de semana que guardaban en la nevera. Mientras se comía los cereales con una cuchara grande delante de su hermano, sorbiéndolos con estruendo, su padre se despidió de ellos con un beso para ir a trabajar. Esperaba que le dijese algo. Al fin y al cabo, tuvo que oír sus gritos, pero ni él ni su madre mencionaron el asunto. Hablaron del Gobierno, como todas las mañanas cuando tenían la radio puesta, mientras su padre llenaba con pan duro un enorme bol de leche para desayunar, se le quedaban las migas en la barba y preguntaba a su mujer, con total sinceridad, qué partido gobernaba.

Después de lavarse los dientes sin mirarse al espejo por si volvía a ver el reflejo de la espalda del hombre de su habitación, oyó el timbre de casa: era su amiga Margarita, que vivía en el mismo edificio, y se fue con ella al colegio del Pombal. Valentina no le dijo nada, aunque siempre se lo contaban todo. La niña siguió pensando absorta en lo que había ocurrido aquella noche, sobre todo en las palabras de su madre, que no clausuraban el terror de su visión, sino que lo prolongaban: todo lo que se ha ido puede volver.

Aquella mañana apenas pudo concentrarse en clase. A cada rato volvía el recuerdo de un hombre sentado en su cama, una espalda enorme, las explicaciones que exigía aquello y que no tenía. Llevaba su recuerdo al plano irreal y lo traía de regreso, dándole vueltas a todo y sin atender a nada de lo que decía la maestra, hasta el recreo, cuando sus últimos pensamientos por fin se disiparon. Ayudó que un niño bastante bruto le diera un balonazo en la cara sin querer. Valentina cayó de espaldas al cemento, y la llevaron corriendo a la enfermería del colegio con la nariz sangrando. Allí, cuando la limpiaron y la sanaron, la niña comprobó que se le había roto un diente, un trozo de la paleta superior; se miró al espejo y pensó que le hacía gracia. Aquella niña del montón, un poco rellenita, tan morena de piel, de ojos y pelo como cualquiera, se dijo que siempre llevaría ese signo de distinción con orgullo.

De noche, antes de dormir, volvieron los pensamientos oscuros. No, no había sido su padre, porque esa espalda era bastante más ancha y el hombre parecía mucho mayor. Y entonces cayó en la cuenta de que no era un hombre, sino la figura de un hombre, su sombra, una especie de perfil de hombre, como si alguien lo hubiera esbozado sin llegar a terminarlo. Un espectro, pensaría meses después, cuando leyera por primera vez esa palabra y supiese qué significaba. Un fantasma, reconoció al final. Y sorprendentemente se durmió, y esa noche no pasó nada, ni tampoco las siguientes, ni durante el día, hasta que una semana después, en casa de Margarita, vio de nuevo al hombre. Era él, seguro. Estaba en una foto, y tenía sentadas a Margarita y a su hermana en las piernas, delante de una tarta de cumpleaños de piña y nata.

—¿Quién es? —preguntó Valentina.

—Es mi abuelito —dijo Margarita—. Está en el cielo, se murió hace una semana en la aldea.

Valen me lo contó al acabar el curso en que nos conocimos, en verano. Lo recuerdo porque me estaba comiendo un helado y me miraba con algo de reproche, como si mi disposición no fuese la adecuada. Solo con el tiempo supe cuánto le costó ya no decirlo, sino oírlo de su propia boca, verbalizar lo que ella misma negaba. Hasta entonces, hasta que habló conmigo, solo se lo había escuchado a su madre. Durante ese año, después de lo que había pasado al salir de la iglesia, no se volvió a repetir aquella cara de terror y sus gritos —«¡no, no no!»— dirigidos a quién sabe qué, pero sí tuvo varios sobresaltos que no controlaba, situaciones que para ella eran violentas y que disimulaba para que nadie más se asustase. Y ni siquiera entonces, tras contármelo, asumió algo de lo que me estaba confesando; hablaba de ello como si fuese el accidente mental de una cuerda. Se negaba a ver lo que tenía delante, fingía cada vez mejor que no ocurría, lo achacaba a un trastorno de la percepción de la realidad, hasta que un día me pidió, por favor, que fuese con ella a ver a un psiquiatra. Todo era normal, insistía, salvo esas visiones. A mí, que no las tenía, todo en ella me parecía extraordinario salvo las visiones.

El médico atendía cerca de la plaza de Galicia de Pontevedra. Era un hombre fuerte, de estatura mediana, perilla blanca y gafas de tipo serio. «Anxo de la Rúa», dijo extendiendo la mano con una voz imponente. «Anxo de la Rúa Calles», repitió añadiendo el segundo apellido. Pensé que nos tomaba el pelo («*rúa*» en gallego es «calle»), pero preferí no preguntar; luego nos enteramos de que había sido concejal en el ayuntamiento de Pontevedra, no quise saber de qué partido. Lo que vio el psiquiatra fue a dos chavales asustados —yo más que ella; no dejaba de pensar que, sin comerlo ni beberlo, aún nos acababan ingresando a los dos— con las mochilas llenas de libros. Insistió en que entrase solamente Valentina, pero ella dijo que solo hablaría conmigo delante. En su despacho, el hombre tenía unas fotos de sus hijas y una pequeña litografía del paraíso (hoy sé que era *Adán y Eva* de Rubens).

—¿La gente cómo habla en el paraíso? —le preguntó Valen mientras se quitaba el abrigo.

—En el paraíso la gente no habla —contestó él—, porque la gente feliz no tiene necesidad de hablar. Y esa es la principal característica de una persona feliz: la que no tiene necesidad de hablar. —Hizo una pausa, nos miró fijamente como un búho y dijo—: Así que intentaré no abrir la boca en toda la hora, pero soy todo oídos.

Lo fue, y de forma obsesiva. Escuchó el relato de Valen con una atención tremenda, carraspeando de vez en cuando. Tenía un muestrario de ruiditos para la ocasión, de manera que la comunicación empezó a fluir sin que dijese una palabra; Valen sabía cuándo tenía que repetir algo, cuándo había dicho algo que le gustaba al doctor, que le disgustaba o que despertaba su curiosidad, dependiendo del ruidito. Habló y habló hasta que el psiquiatra le dijo que necesitaba todos los detalles, y que fuese terminando, porque empezaría a preguntar. Cuando lo hizo, se centró muchísimo en saber si Valen sentía, veía o escuchaba a los fantasmas. ¿Qué sentidos se activaban cuando le ocurría?

—Es importante saberlo porque una cosa son las alucinaciones —dijo— y otra los delirios. La alucinación es un trastorno de las percepciones y el delirio es un trastorno del pensamiento. Hay gente que tiene alucinaciones sensoriales, como sentir, por ejemplo, gusanos bajo la piel. Hay gente que tiene delirios: ve un avestruz donde no hay un avestruz.

Valen le explicó que, si bien la primera vez vio una imagen poco nítida pero reconocible, con el tiempo había aprendido a «sentir» presencias, aunque nunca dejó de verlas. Siempre muy de vez en cuando, siempre —empezaba a sospecharlo— cuando querían dejarse ver.

—¿Conocidos?

—Gente muy cercana o nada cercana, pero de estos muchas veces descubro luego que tienen relación con alguien de mi vida.

—Mira, hija, la característica de lo delirante o lo psicótico es la convicción. Dices «lo que me está pasando es verdad». Pero tú estás aquí, conmigo, contándome todo esto. ¿Eso es porque dudas?

Valen bajó la cabeza. Jugaba con una grapadora en las manos. Graparse la boca en ese momento era lo más cerca que podía estar de llegar al paraíso.

—Yo sé que es verdad. Y me da mucha vergüenza hablar de esto, porque yo no creo en fantasmas. Solo se lo he dicho a él —dijo señalándome sin mirarme.

—¿Sugieres que están vivos?

—No, no están vivos. O puede que lo estén, pero en otra dimensión. El caso es que yo los veo, y estoy segura de que es verdad, porque desde luego es verdad, y eso no quiere decir que todo esté bien. Mi madre los veía, mi abuela los veía, y ellas conocen a más gente que también.

—Hay una diferencia entre creencia y delirio. La creencia es un delirio compartido por la comunidad. Las religiones, por ejemplo, son creencias —dijo el psiquiatra.

—Va a ir directamente al infierno, doctor.

El médico sonrió.

—Lo cual nos lleva a algo muy interesante. ¿Qué quieren esos fantasmas? ¿Están buscando el cielo y necesitan de ti, o necesitan de ti porque huyen del infierno?

—No lo sé, no les hago caso, les digo que se vayan.

—Y a ti, ¿en qué medida te afecta? Con esas presencias, puedes sentir un enriquecimiento interior, algo útil para tu vida, una sensación placentera porque te contacten del más allá. O puedes creer que esto es culpa tuya, un castigo por algo. Todos los síntomas tienen una utilidad.

—Me he acostumbrado. Ni me va ni me viene.

—Pero me has dicho que te da vergüenza, que no se lo cuentas a nadie. El delirante es un predicador. Le encanta hablar de su delirio. Casi todos los grandes fundadores de religiones tuvieron un brote.

Ese hombre no se iba derecho al infierno: lo había fundado él.

—Y lo más importante: ¿por qué te da vergüenza si no lo compartes? Solo lo sabe tu novio, me has dicho. Pero te da vergüenza que te pase. Te pongo un ejemplo, un ejemplo un poco raro, pero nos puede valer. Una señora mayor ve muertos, ¿no? Esta señora tiene una familia involucrada en un episodio muy feo de la Guerra Civil. Su familia mató a mucha gente o a esa familia le mataron a mucha gente, quién sabe. Ella dice que ve muertos, pero ¿se encuentra bien con esos muertos o siente repudio hacia ellos? ¿Sus familiares son las víctimas o son víctimas provocadas por sus familiares? ¿Qué quieren los muertos de ti, recordarte la deshonra familiar o el consuelo de uno de los suyos?

Valen se quedó callada. El doctor la miró fijamente. De nuevo aquella voz tremenda rebotando en las paredes:

—Yo creo, Valentina, que tienes una enfermedad psicótica. Que padeces un trastorno delirante muy aislado del resto del yo, y que eso te permite tener un funcionamiento normal y llevar una vida normal, salvo este detalle que nos ocupa. De aquí viene el dicho «cada loco con su tema». Tienes criterio de realidad: sabes que algo va mal en ti, no en los demás, y entiendes que debes hacer como que no; sabes que, si lo dices, la gente pensará que estás enferma.

—Es que me está diciendo que estoy enferma.

—Pero una enfermedad no tiene por qué ser pública. —El psiquiatra hizo una pausa para beber de un botellín de agua—. Pasa una cosa. Cuanto más aislado del yo está el delirio, cuanto más burbuja sea ese trastorno del pensamiento, más resistente es a la medicación. Por eso no te voy a recetar ningún antipsicótico, ninguna medicación. Estudias, te relacionas con normalidad con la gente, tienes novio —me echó un vistazo, evaluándome—. La medicación vendría bien si esas visiones tuviesen consecuencias, si sufrieses o entrases en brote, hablases por la calle a esas presencias, gritases, preguntases a la gente si ve lo mismo que tú.

—No, por favor. —Valen se ruborizó.

—En plena efervescencia, a veces los antipsicóticos vienen bien. No te van a quitar la idea base, pero te pueden ayudar en las repercusiones. «Sigo con la misma idea, pero ya no me molesta ni me afecta». No es el caso. Lo que voy a hacer es hablar contigo, si quieres, y quizá podamos llegar a alguna parte.

—No tengo dinero, doctor, llevo ahorrando tres meses para venir aquí —dijo Valen (no me había dicho nada de eso, sentí por ella una infinita ternura)—. No sé a dónde podemos llegar, a qué trauma podemos llegar, y además me estoy mareando. No sé nada de la Guerra Civil. Tenía ocho años cuando vi por primera vez a «alguien», ¿qué me iba a pasar?

El doctor Anxo de la Rúa, eminencia de la psiquiatría, hombre de voz grave, la voz con la que hay que meterse en los cerebros de las personas, dio un respingo y recordó algo. Rebuscó algunas notas en su libreta de anillas.

—Háblame de ese hombre, del primero que viste.

—¿El viejo?

—¿No era un anciano?

—Era el abuelo de mi amiga, nunca lo había visto.

El doctor De la Rúa le extendió una tarjeta a Valen. Le pidió, por favor, que llamase a ese número, el de su consulta, para pedir cita. Tenía una agenda muy apretada, pero le haría hueco para una sesión más, y no se la cobraría. Había cosas que indagar, dijo, el origen de esas visiones, cuándo se producían, en qué momentos del día, en qué lugares.

Salimos a la calle. Por primera vez me di cuenta de lo que significaba aquel secreto; en el futuro, según cumplía años, fui más consciente del poder que me había otorgado Valen al compartir conmigo algo así. Ese secreto, un secreto literalmente más grande que la vida, nos unió más de lo que nos podía unir tener un hijo o matar a un hombre. Valen cambió de tema en cuanto pisamos la acera, y no hizo referencia, ni entonces ni nunca, a la conversación con el psiquiatra. De camino a casa, solo repitió varias veces la palabra «psicótica». Psicótica, psicótica, psicótica. Y dijo «mil veces mejor ser psicótica que bruja».

Valen sabía que su madre nunca hubiera aprobado que consultase a un psiquiatra. No quería que su hija sufriese, y sabía que si rechazaba lo que veían sus ojos crecía su dolor: se trataba de arrancárselos o creer. Aquella mujer cuya hija me presentó ya cadáver había sido una persona sencilla, de aldea, que se hizo charcutera en el pueblo vecino y luego, cuando llegó a Pontevedra con su marido y sus hijos a cuestas, encontró trabajo en un supermercado muy cerca de casa. A lo que les ocurría a las mujeres de su familia lo llamaba «lo nuestro». Habló poco de «lo nuestro» con Valen, porque la niña lo rechazaba, y si no se hubiera muerto joven, habría terminado rechazándola también a ella. Alguna vez discutieron y llegaron a pegarse. Ese día Valen estaba histérica. «¡No hay derecho! ¡Una niña no tiene que pasar por algo así!», gritaba. No tenía tanto que ver con qué iban a decir en el colegio o en el instituto, ni con el acoso al que se vería sometida en caso de que contase lo que le ocurría o hablase a fantasmas por ahí; tenía que ver con ella, con la persona que ella quería ser, con las cosas en las que ella quería creer, con la vida con la que le gustaba fantasear y con todo lo que estudiaba en clase y fuera de ella. En su cabeza, en la cabeza de nadie, cabía algo así; una cosa es que su vida fuera más o menos rara, que su aspecto fuese más o menos excéntrico, que sus pasatiempos no fueran muy convencionales, y otra muy diferente era que aquello diese permiso a los fantasmas a aparecerse delante de ella como si hubiesen hecho un estudio previo de sus gustos y aficiones y considerasen adecuado presentarse. Muertos, por así decirlo, con prejuicios.

En cuanto a mí, era muy joven. No es agradable recordarme entonces. Todo aquello me pareció un cuento de hadas, algo magnífico que vivir siempre que fuese a través de otro. Jamás dudé, nunca se me pasó por la cabeza que su historia fuera una tomadura de pelo o un delirio psicótico; me la creí festivamente, como una aventura loca de juventud. El verano de nuestra adolescencia: un verano entre fantasmas. Conocía demasiado bien a Valentina como para pensar que no era verdad. Y como su pánico era absoluto, porque nunca se lo había contado a nadie y tenía miedo de que yo la tratase como si estuviera loca, a que fuese a decírselo a alguien con el mayor de los secretos o rompiese la relación, reaccioné con una euforia excesiva: no solo la creí, sino que aquello me pareció estupendo, o podía serlo. La creí demasiado, sobreactué mi fe en ella y en lo que me contaba, y aunque no me dijo nada sé que le dolió que me pasase aquel verano expectante y feliz, creyendo que así la tranquilizaba, cuando su sufrimiento, incomprensión y frustración eran reales, y empezaban a afectarle más de lo normal.

«Ojalá no me hubieses creído y te hubieses marchado —llegó a decirme—, porque así me convencería de que soy yo la que no está bien». Ella, que los veía, creía menos que yo, encontraba menos justificaciones que yo y ponía en duda su salud mental mucho más que yo. Y empecé a entender. Y a creer de verdad; por tanto, a pasar miedo.

No sería hasta muchos años después cuando Valen decidió que no pasaría toda la vida disimulando, y que era absurdo seguir dando la espalda a una parte tan importante de sí misma. Al fin asumió que querían algo de ella, que su presencia no era casual y que incluso había una manera de comunicarse. Dejó de tener miedo, a pesar de los sobresaltos; dejó de asustarse, a pesar de la anomalía; comprendió que nunca hay nada de malo en saber algo más, aunque lo que sepas no te guste o no lo entienda nadie, ni se pueda contar. No me lo dijo, pero pude verlo en algunas ocasiones: era difícil no hacerlo si uno vivía con ella, y por entonces ya lo hacíamos. Su parte congelada no se descongeló nunca, ni siquiera se calentó un poco, pero encontró la manera de que sirviese a los demás, a los que ardían.

Me mantuvo al margen, a mí y a cualquiera. Aquella tarde del psiquiatra, mientras la acompañaba a su casa —un piso pequeño y estrecho en el que su padre veía todo el rato la televisión y su hermano coleccionaba cromos de futbolistas—, empecé a sospechar que le molestaba que yo estuviese al tanto, empecé a saber que cayó en la cuenta de que aquello, enfermedad o no, era algo suyo y solo suyo, y que al contármelo traicionó algo que aún no sabía lo que era y que probablemente no lo supiese nunca. Se arrepintió de habérmelo contado en la adolescencia, aquel primer verano juntos.

Siempre creí que nuestros últimos años habían sido una prórroga obligada por el secreto que compartíamos. Siempre creí que esos últimos años no fueron solo mi final insoportable, perdido en un mundo que no me pertenecía pero que me buscaba, un mundo de fantasmas para mí, que había perdido mi sitio entre los vivos, sino una tortura para ella, que tanto y tan bien vivía, y sin embargo sentía que no podía desprenderse de mí.

9

Nadie me cantó el cumpleaños feliz el 30 de diciembre de 2017. Recibí un mensaje de mi madre —mi padre no me hablaba desde hacía un año— y de tres o cuatro amigos que vivían lo bastante lejos como para felicitarme sin miedo a que quisiese quedar con ellos. Aquella Navidad, esos días en los que me interesé por General Martínez y por el chico salido del mar, fue la primera vez que sentí que ya no me quedaban amigos de verdad. No hay sensación de soledad más grande que esa, porque al fin y al cabo de tu familia puedes esperar que haya alguien que nunca te abandone, casi siempre tu madre, pero que no sobreviva ninguna de tus compañías elegidas es la peor de las tristezas. Tuve muchas y muy variadas amistades, y a todas las saboteé por dinero, por dejadez, por aburrimiento o por pura pasión. Padecía de algo que una vez leí decir a Buñuel sobre Dalí: «odio declarado a la amistad». Pero incluso para odiarla hay que tenerla cerca.

Esa noche, cuando entré en casa de la señora Isolina como si fuera el cuarto de registros de un aeropuerto, en mi móvil no había nadie más que Valen a quien poder llamar sin miedo a que me colgase. Lo que me llevó a eso fue tan vulgar y poco original que no merece la pena extenderse: básicamente, los que jugamos en la frontera —piedad para nosotros, que combatimos allí—, los que lo llevamos todo al extremo y sabemos, después de muchos años, dónde hay que pisar, acabamos olvidándolo y pisamos en cualquier parte. Cuestión de moral relajada y abrumadora por momentos, de esas morales que brillan por originales las primeras semanas y son insoportables para la convivencia después; moral de tío con el que compartir una fiesta aislada, el que te deslumbra unas horas felices y del que hablarás después. También una cuestión de comportamiento público. De impuntualidad, de presentarse drogado a mediodía a comer, de explosiones de ira o abatimiento, de levantarse a pillar y olvidarse de volver, de no compartir, de acaparar, de no ser una persona aconsejable; alguien a quien hay que evitar, alguien que pide o debe dinero, alguien que no da conversación o da demasiada y revienta las reuniones. Las drogas son la destrucción de la balanza, de la medida de las cosas: de repente, todo pesa demasiado o nada, de golpe no hay equilibrio a ninguna hora, cerca de ninguna persona, tampoco en soledad.

De fondo había también un tercer asunto: falta de talento. En la autodestrucción te aguantan mientras das literatura, y la di durante un tiempo, porque era un tipo escribiendo con un cierto talento que en algún momento publicaría la gran novela, así que mis desmanes tenían la gracia de la joven promesa: alguno podría hablar de mí en el futuro, diría que me vendía *keta* o viagra, que pasó dos días junto a mí fumando opio en un piso, incluso otro que acabó en la cama conmigo y con más gente que no recordaríamos ninguno de los dos. Llegando a los cuarenta, era evidente que ya no. Solo era un tipo que agarraba la manga del jersey de otros, balbuceaba idioteces, decía crueldades de todo el mundo, empezando por mi chica, y no sabía, porque no podía, parar. Llegó un momento en que alguien dijo basta. Empezaron a decírselo también entre ellos, y todos comenzaron a irse poco a poco, sin escándalo, como quien abandona en silencio un piso franco.

Un año antes, en víspera de Nochebuena, me caí. Literalmente. Me estampé contra el suelo con las manos en los bolsillos al salir del karaoke Michelena de Pontevedra después de quince horas de fiesta. Me recogieron de la calle tres amigos que querían meterme en el último *after*. Uno llegó a echarme cocaína en la boca, que tenía llena de sangre. Yo temblaba. No se contempló la idea de llevarme al hospital. Al final me metieron en un taxi y dieron la dirección de casa de mis padres. Aparecí tal como iba, con la boca roja y blanca, la frente abierta. Los ojos se me hincharon con los días, llegaron a parecer bolas perfectas de billar. Mi padre no podía ni mirarme. Mi madre me cuidó desde el primer minuto. Tuve algo parecido al mono por primera vez en mi vida, pero no pude adivinar a qué sustancia. Y Valen solo vino al cuarto día, cuando los ojos empezaron a desinflarse y apenas tenía derrames en la cara. Ya se había marchado de la relación, hacía años que lo había hecho, pero ninguno de los dos lo sabía aún. En esas relaciones tan largas pueden pasar años antes de que alguien se dé cuenta de que el tren no avanza.

Ella podía ver muertos, pero ese día empecé a darme cuenta de que le costaría, cada vez más, ver a un vivo.

—Es mi cumpleaños —le dije por fin a la señora Isolina.

Se rio.

—Qué suerte que aún te acuerdes.

Ese día siempre se celebraba la cena de Navidad de la pandilla en Pontevedra, esa que terminaba con tarta y regalos, pero estaba a veinte kilómetros de allí, en la cocina de una aldea con una señora que había conocido más de veinte años atrás, delante de una estufa de tubos y de un televisor sin volumen en el que salía Pedro Piqueras con gesto de gravedad porque algo no iba bien en alguna parte del mundo.

—Es horrible no saber morirse —dijo la anciana mientras ponía aceite a calentar—. La *filla de puta* de Elba marchó de un achuchón, una arritmia rara, no dejó tiempo ni para quedar parva.

La señora Isolina quería morirse ya, declaró sin solemnidad. «Ya» era en ese mismo instante, vamos, o sea que estaba sentado con todos los sentidos alerta por si se tiraba de cabeza a la sartén. Estaba cansada, sola y aburrida, dijo.

—César Estevo, *chamábase así* —explicó su abuela señalando la foto. Ella sospechaba que Valen había visto a César. General Martínez había visto a César, dijo, «eso seguro porque me lo contó». Pero ya nadie veía a César, aunque ella creía que Valen seguía haciéndolo. Tenía razones para creerlo, dijo.

Había estado un tiempo buscando algo de nosotros, y nadie se lo había dado, y el tiempo se le agotó y desapareció, dejó de ser visto. Los vivos no llegan al domingo, o al miércoles, o a la noche; los muertos dejan de verse. En cualquier caso, todos desaparecen.

Le conté a la señora Isolina lo que había pasado años antes, cuando estaba en la playa de Paxariñas y vi a aquel chico al que llamaban César Estevo salir del fondo del mar por su propio pie. Que nos dijo que había hecho una tontería, y que quería pedir perdón a su abuela. Ella dijo que ya sabía eso.

—Y no perdoné porque no tenía nada que perdonar —zanjó.

Pero además tenía una intuición: estaba condenada a no morir hasta que averiguase con seguridad la verdad de lo que le había ocurrido a su nieto. Y no era fácil, porque lo que ocurrió lo hizo en ninguna parte, en alta mar, en un punto perdido del Atlántico, un sitio sin cámaras ni testigos, donde mata el diablo.

Salió de la cocina y se dirigió a un mueble que tenía varios cajones enormes, y allí revolvió los papeles. Para mi sorpresa, me enseñó algunos recortes de prensa —muchísimos, en realidad— en los que se daba cuenta del famoso naufragio de 1996 del Faro Vicaño, un buque pesquero que faenaba en Gran Sol al que la tormenta había hundido en aguas de nadie, un agujero negro en medio del océano. Los detalles eran terroríficos. El barco se había hundido en noche cerrada, había caído una niebla que no permitía ver más allá de cien metros, olas de entre seis y ocho metros, altas como muros, un viento helado de ciento diez kilómetros por hora y un agua a cuatro grados bajo cero. El puro infierno. «Lo primero que uno siente al caer a un mar a esa temperatura son escalofríos y tiritonas, que es la manera de defenderse del cuerpo para dar calor —contaba un médico en el periódico—. Pero comienza a fallar la actividad de las enzimas, los músculos se debilitan, empiezan los mareos (apenas puedes moverte, ves mal), pierdes la consciencia y entras en parada cardiaca. Es la hipotermia. En un mar a cuatro grados bajo cero, no se sobrevive más de diez minutos».

—¿Y este recorte? —pregunté porque había uno que no parecía del naufragio.

—De una chica que se suicidó por esa época allá arriba, en Fisterra. Tú me dices que mi nieto salió caminando del mar, esa chica se metió andando dentro —se quedó pensando—. Seguro que se cruzaron.

La señora Isolina echó unos pimientos de Padrón a la sartén y luego se puso a pelar patatas delante de un capacho, sentada al lado de la mesa de la cocina. Pensé que quizá me sorprendería con una tortilla deconstruida.

—Mira, ¿y qué tiempo hace en Madrid?

—Más calor que aquí, más frío que aquí.

—Es increíble lo del tiempo. Eso de que pueda haber temperaturas distintas en otras partes, ¿eh? ¿Qué tiempo haría en Gran Sol aquel día?

—Según los periódicos, un espanto.

—¿Y los periódicos estaban allí?

—No, pero hay maneras de saberlo.

—La perdición de las personas empezó cuando creyeron que hay maneras de saber lo que pasa sin verlo.

Me hizo gracia el comentario. Definitivamente, el cura Dani, aquel guapo esforzado, tenía razón: la señora Isolina y su hermana no pintaban nada en una iglesia.

César, empezó a contar, se había embarcado en aquel buque veintiún años atrás sin permiso de nadie, con un DNI falsificado que utilizaba para entrar en discotecas de Pontevedra como Carabás o Why. Su padre había muerto cuando él tenía doce o trece años, y a pesar de que lo había amado de forma incondicional, en la adolescencia empezó a odiarlo con todas sus fuerzas. Su madre recayó en las drogas al poco de morir su padre, y en ese momento languidecía por la heroína yendo y viniendo al poblado de chabolas del Vao, así que su abuela se ocupaba de él. Su hermana lo había cuidado hasta la obsesión, pero hacía tiempo que nadie sabía de ella.

—No le hacía caso a nadie, solo a Valentina; a ella le hacía caso —dijo—. Qué hacía en el mar, lo sabe ella, eso si no lo mandó para allá. Y si lo mandó, pobre de ella.

Cuando conocí a la señora Isolina, el mismo año que empecé con Valen, la supuse la mujer más vieja del mundo, pero entonces tenía unos sesenta y cinco años, según me aclaró algo ofendida mientras pelaba una patata con tanto mimo que parecía estar levantándole la tapa de los sesos. Más tarde reconocería que ya en aquella época eran unos sesenta y cinco muy mal llevados. Un hijo muerto por la droga, un marido muerto en el mar. Lo único que tenía, y que había sentido tener de verdad en la vida, algo suyo, era aquel niño que se le empezaba a hacer mayor de forma descontrolada. No la creí: no tenía entonces sesenta y cinco años, y desde luego tendría ahora más de cien.

—Valentina, nada más nacer, venía a pasar los fines de semana a la aldea porque sus abuelos eran de aquí, de esa casa de enfrente —dijo.

Me asomé a la ventana, aparté unas cortinas que en realidad eran manteles, y apenas vi nada, una casa derruida, pura ruina llena de rastrojos. Valentina me había hablado de la aldea de sus abuelos, un lugar remoto en el que había pasado la infancia. Me hacía gracia, porque el lugar estaba a nueve kilómetros de Portonovo, su pueblo, pero ella hablaba de la aldea como si fuese un lugar fantasma de otro continente y se hubiese quedado sin registrar incluso en la memoria colectiva de sus propios vecinos.

—Ellos, en cuanto murieron los abuelos, no volvieron. *Xa sabes.* Los abuelos en la aldea, los padres en el pueblo, los *nenos* en la ciudad —dijo la vieja, que se dispuso a preparar una tortilla.

César y Valen pasaron juntos todos los fines de semana y todas las vacaciones de la infancia: las Navidades, los veranos, la Semana Santa. La aldea se había ido despoblando hasta quedar en pie las dos casas; la siguiente estaba a dos kilómetros andando. La señora Isolina contaba todo eso mientras colocaba la tortilla de patatas en el plato y la salpicaba con los pimientos. La dejó en la mesa y me animó a comer.

Valen nunca me había hablado de su relación con César, jamás me había dicho una sola palabra de él. Pero Isolina me contó que dormían juntos, jugaban, veían la televisión, iban a misa y recibían clases particulares de una amiga de la madre de Valen cuando alguno de los dos suspendía alguna asignatura. «La felicidad en sitios así, donde no vive casi nadie, solo la traen los niños —dijo la señora Isolina—, porque le dan sentido a la tierra: trabajas en ella porque otros la ocuparán; si nadie la ocupa, la tierra queda solo para enterrar muertos. Y los muertos no echan raíces, o no echaban».

Valen y César se entendían entre ellos como pueden entenderse un brazo y otro. La señora Isolina creía que él se enamoró de ella de una forma absurda y tenaz, de una forma imposible, como ocurre en la adolescencia. Pero que Valentina no.

—Y a lo mejor él tampoco. —La vieja se encogió de hombros—. Pero Valentina era la única persona que conocía de verdad, la única que lo escuchaba y lo entendía, la única que lo quería tanto como yo. Esos niños que crecen sin amor, o que se quedan sin él, pueden enamorarse de un leño.

Justo en ese momento se puso colorada, bajó la cabeza hasta dar con la frente en el plato y luego la alzó con violencia, completamente roja, y escupió algo viscoso que se estampó contra la pared floreada de la cocina.

—Pican como *fillos de puta*.

—No es época, señora Isolina, no hay pimientos en Navidad. —Yo no había cogido ni uno, me limitaba a comer tortilla con educación, aunque empecé a pensar en qué año se habrían puesto esos huevos.

—Estos pimientos sí, los tenía bien guardados. Pero se ve que se envenenaron. Como no los comas, te salen rabudos.

—¿Qué pasó con César? —pregunté.

La señora Isolina tardó en seguir la historia. Tenía la boca reventada por el pimiento. Daban ganas de abrírsela y pegarle un manguerazo.

—Que me lo desnudaron un día, me lo ataron a un árbol y casi me lo matan. Porque dejó el galpón ese de ahí para guardar *os fardos que traían da praia, a drogha*. Pagaban unas barbaridades. Él ya estaba en Pontevedra estudiando en el instituto de Valentina, pero iba y venía en autobús. A veces dormía en casa de los Barreiro, y al final quiso quedarse allí todos los días. Con catorce o quince ya se había empezado a juntar mal. Mi hermana y yo marchamos para allá para estar con él, para que viviese con nosotras. *Desaparesía por épocas e un día desapareseu de todo*. Hasta que lo vio por un camino el General. Y supimos que *morrera*, el General veía gente que *morrera*.

—Se lo dijo el General, que su nieto estaba en el barco.

—Hasta donde pudo *axudoume*.

—Me acuerdo de ustedes.

—Sí, ¿te acuerdas de esa época?

—Claro. Hacía muy mal tiempo. Llovía siempre. —Bebí un sorbo de agua—. ¿No le ayudó Valentina?

—Valentina *mareume*. Dijo que *tuviera* problemas con los que andaban en las drogas, pero no me dijo que embarcara, y en los periódicos salió el DNI falso, qué iba a saber yo. Valentina mareó. Vete a saber por qué. Yo creo que me hizo perder lo que yo más quería. *Pregúntalle*. Aunque a ti *non te fai nin caso*. ¿La perdiste, verdad?

Cerré la boca. Había perdido tantas cosas que quizá también la había perdido a ella y aún no me había dado cuenta.

Le dije a la vieja lo que llevaba queriendo decirle desde que entré en la casa y vi la foto, lo que me llevó a preguntar y a profundizar en un mundo que no me pertenecía, por el cual no tenía ningún interés y del cual sospechaba que había alguna explicación más relacionada con el espectáculo que con el más allá, si no se trataba de lo mismo. ¿Por qué a mí? ¿Por qué vi a su nieto? ¿Solo por estar junto a General Martínez?

—No son los médiums, son los muertos. No es la capacidad de ver de los que están vivos, que tienen los mismos ojos que los demás. Son los muertos los que eligen quién puede verlos; es asunto suyo, es su poder. Son ellos, no nosotros.

—¿Y por qué yo?

—Eso se lo vas a preguntar tú a Valentina. Pregúntale por qué tú, y pregúntale qué pasó para que mi nieto se marchase mar adentro y no volviese. Pregúntale y vuelve a contármelo, *haz favor*, para poder morir. A ver si te hace caso al menos en esto. Pero pregúntaselo pronto porque hace tiempo que dentro de ti el carnicero mató al veterinario.

Nos quedamos en silencio.

—*Faime un favor* —dijo la vieja.

—Claro.

Se acercó a la ventana, separó los manteles que hacían de cortinas y señaló una especie de cobertizo abandonado cerca de la ruina de la casa de los Barreiro.

—Al fondo de ese galpón hay unos cubos, detrás de unas cestas y unas bicicletas que eran de Valentina y de César. Levántalos y levanta el suelo, verás tierra: cava y coge lo que quede allí. Años, años y más años, cógelo todo y llévatelo. No es mucho; cuando desapareció mi nieto, aquellos robaron todo lo que estaba peor escondido, pero no había nada más que eso. *Lévao. A terra non só queda para enterrar mortos. Tamén os prepara.*

10

—Tengo una belleza muy del antiguo barrio de Salamanca de Madrid, cuando todavía no habían llegado los cirujanos y los demócratas a estropearlo todo. Con la belleza con la que venías al mundo, te ibas. Con la cuna, lo mismo. Y la mía era una cara de familia bien, de fascismo bien entendido. Ojos grandes, pómulos grandes, una cara que adoraban los productores americanos cuando me dejaba ver en Pasapoga, porque a esos sitios no se va, en esos sitios una se deja ver. ¿Ahora sabes qué pasa? Que a base de operaciones a las mujeres nos han ido agrupando en cuatro estilos. Los quirófanos tienen en las paredes cuatro patrones, exquisitos todos, pero cuatro. Confunden la perfección con la belleza, pero eso les pasa a los cirujanos y a los toreros. La belleza es la falta de armonía, la falta de simetría; la belleza, hijo mío, es el error en el momento exacto. La belleza soy yo a punto de cumplir sesenta y tres años y caminando por las calles de Málaga que parece que voy patinando sobre hielo. Y esa soy yo, pero ya me verás. No te fíes de las televisiones y de las fotos de las revistas: la basura más grande a la que ha sobrevivido este país es el periodismo; bueno, está sobreviviendo, ya veremos si sobrevive. A las personas hay que olerlas. Y si a algo no huelo yo es a muerte. Yo a muerte no huelo, chiquillo. Yo huelo a fresnos, a sóforas, a catalpas; cuando muera, seré un árbol más de

Málaga, una especie más, una plantita alta a la que vengan los perros a mear de día y los muchachos a follar de noche; los cirujanos maricones, que son los que follan sin tejado porque tienen todos «familia tradicional», qué asco de expresión. La que se va a morir es la Vicenta, esa vieja que nació cuando perdimos Cuba, que en vez de ojos ya tiene bolas de pus. Cuando me veas, y cuando me huelas, cuando te acerques y me huelas, me pedirás perdón y olvidarás esta falta de respeto. Que te lo digo con todo el cariño del mundo, pero si te tengo delante, te saco los ojos. Que no soy supersticiosa, pero no estoy muerta. Aún soy una mujer de las de darse la vuelta en un restaurante caro, no muy caro, pero sí bastante caro.

—Yo vuelvo a pedirle disculpas.

—Tú a mí no me tienes que pedir nada. Los que tienen que pedir disculpas son tus jefes. Tú lo que tienes que hacer es coger tus cosas y venir a Málaga, que te paguen el viaje esos fabricantes de ataúdes, y te tomas aquí una manzanilla o dos conmigo, y me dices si huelo a muerta, y si hay algo que escribir de mí aparte de que estoy más viva que una embarazada. Porque de mí hay que escribirlo todo, todo, pero justo eso no; mi muerte, mi niño, no. Mi muerte cuando me muera, y si Dios da permiso. ¿Tus padres están vivos?

—Sí.

—Pues escribe su muerte, no la mía.

—Ellos no son una leyenda del cante. Son gente normal. No tienen patines, ni siquiera conocen el hielo.

—Mira qué listo, qué rápido y qué subnormal. ¿Y a ti te gusta este trabajo?

—No, no me gusta.

—¿Y por qué lo haces?

«Porque hace cinco años que no veo a mi exnovia —quise decirle—, y quiero que todo el mundo esté muerto».

—Porque lo propuse a un periódico. En Estados Unidos es habitual en los periódicos grandes, aquí no existía esa figura.

—¿Qué figura? Que ahora se le llama «figura» a todo...

—La del escritor de obituarios a tiempo completo. El tipo que deja escritas las necrológicas de gente que ha tenido una vida que merece ser contada cuando muere.

—¿Y quién decide eso?

—Los mismos que deciden qué guerra es importante y qué guerra no lo es, o qué es un escándalo y qué no, o qué es de lo que tiene que enterarse usted y qué no. Nosotros.

Carcajada.

—¡Qué jauría de hijos de puta estáis hechos!

—Pero los obituarios, como se escriben cuando ustedes están aún vivos, son una oportunidad magnífica. Pueden intervenir, contar las cosas a su manera.

—¿Tú te das cuenta de que estás matando a gente? ¿Y que tú o tu periódico decidís a quién matáis y a quién no?

—Imagino muerta a esa gente, que es distinto. Y puedo hablar con ellos, con los muertos, para que me den su versión. Es algo entre ellos y yo. Le aseguro que si lo lee alguien más es que todo ha acabado. Ya llevo un tiempo con ello. En realidad, ni me gusta ni me disgusta. A veces está bien y a veces está mal, todo depende de la vida que cuente.

—¿Y tenías pensado hablar conmigo en persona, chiquillo?

—Lo ideal es que hable con usted. Usted conoce detalles de su vida que no saben los demás.

—De mí se conoce todo ya.

La oí suspirar, después jadear. Por un momento pensé que podía morir allí, en aquel instante, y me daría por fin un obituario extraordinario: aquel en el que el periodista está, más o menos, en el lugar de la noticia. Pero luego, como si se encontrase cansada de repente, dijo con un hilo de voz que se iba a dormir. Que la llamase al día siguiente. Que hablaría conmigo, pero no para contarme nada, sino para que le contase qué estaban diciéndome los demás. Saber, así, qué iban a decir de ella después de muerta. María Jesús García Campuzano, rebautizada en Málaga como Mariola Campuzano, la Nazarena, en estado puro. Eran cerca de las siete de la tarde de un día de febrero de 2023. Y qué mejor a esa hora que meterse en la cama y dormir hasta el día siguiente.

Nada más colgar, me puse a escribir un párrafo, el primero, que garantizase todos los demás; sin él, ponerme se me hacía cuesta arriba. Me obligué a hacerlo de esa manera desde que escribía esas piezas que no sabía cuándo se iban a publicar, sin saber incluso si llegaría a verlas publicadas.

En sus últimos días gritaba a quien quisiera escucharla que ella no olía a muerto, sino a los árboles de Málaga, y que se reencarnaría en uno de ellos para que a su sombra descansen los perros abandonados de su infancia de posguerra. Se consideraba imperfecta, rechazaba con elegancia las voces que le gritaban «Bella» por las calles de su barrio adoptivo, La Malagueta, y contestaba humilde que ya le gustaría a ella pasear a sus casi ochenta años como su gran amiga Vicenta Jiménez, Imperial Jiménez, de la que decía que parecía «patinar sobre hielo» al caminar. Tuvo una relación de amor-odio con los medios, pero solía comentar a sus cercanos que ella era lo que era gracias al apoyo de las revistas y las televisiones, que difundieron su rostro hasta incorporarlo al imaginario del siglo xx español. Olvidó con el tiempo sus eufóricas simpatías con el franquismo, dictadura que la explotó a discreción, y en la última década defendía en la intimidad el feminismo y la causa LGTBI, hablaba con orgullo de sus numerosos amigos homosexuales, «bailarines todos», y decía que si España había cambiado, ella también, llegando a referirse al servicio como «elles». Su voz al teléfono sonaba poderosa, la voz más impactante de España durante décadas, pero su cuerpo se había deshilachado por un cáncer que ella ni mencionaba, como si fuese un agente externo que merodease su cuerpo sin haberlo invadido. Conservaba su capacidad insólita de asociación que tantos titulares dio durante décadas, pero esta vez incluyendo a los cirujanos en cualquier comentario negativo que hacía, a causa de la negligencia médica que dejó a la reina del cante jondo con un labio colgando al que daban ganas de acercarse a mojar un sello.

Borré la última frase nada más escribirla. De hecho, la escribí mientras la borraba mentalmente.

Solía hacerlo en el folio y fuera de él: dejaba salir el cinismo y la amargura, y contenía todo aquello antes de que dañase a nadie. A esas horas del día, cuando ya no se sabe si es tarde o noche, y no tenía nada que hacer, me aplastaba la sensación de que todos los obituarios que llevaba escribiendo eran el mío. Llevaba cinco años sin beber alcohol, cinco años sin cenar fuera de casa, cinco años haciendo bicicleta estática. Cinco años escuchando Juan Luis Guerra y cantando a gritos, mientras daba pedales, «no me digan que los médicos se fueron, / no me digan que no tienen anestesia, / no me digan que el alcohol se lo bebieron / y que el hilo de coser / fue bordado en un mantel». Cinco años limpio de drogas, de amistades tóxicas, de sexo anónimo, gratis y de pago. Cinco años hirviendo agua. Cinco años ahorrando dinero y energías. Cinco años sin necesitar escitalopram para levantarme de la cama, ondasentrón para comer, diazepam contra el dolor del alma, Astenolit para escribir, Orfidal para dormir. Cinco años callado y sin reprobaciones; salud, familia y trabajo, la oscura tríada de una biografía. Cinco años, desde el 27 de febrero de 2018, un impresionante día de sol y cielo sin nubes en Madrid, desde que perdí a Valentina Barreiro cuando le ofrecí matrimonio sagrado y me rechazó, lo mucho que me ofendió, que casi me tiro por la ventana al escucharlo, lo mucho que me ofendió tras tantos años de relación: hablarme como si aún comprásemos pitillos sueltos en el quiosco de Las Palmeras. Cinco años sin saber si seguía enamorado de ella; cinco años obsesionado con sus pasos sin saber si era por quererla con locura o sin locura. Cinco años sin tener curiosidad por nada, ni terminar de leer un libro o ver una película, ni siquiera de mantener una conversación interesante; cinco años reiniciándome todo el rato, cada semana. Cinco años con mi vida en estado de excepción. Cinco años de cuando conocí por fin, del todo, a Valen, y entendí o quise entender con quién y por qué hablaba a veces a solas, por qué se sumía en estados depresivos y en otras ocasiones expectantes, la manera tan divertida que tenía de arreglarse mirando a ninguna parte como si una cámara la enfocase, la manera menos divertida de ausentarse cuando estaba conmigo, como si ninguna me enfocara a mí, tampoco la de ella; cinco años sin verla sonreír sin venir a cuento, sin divertirse porque sí aparentando un estado de ánimo que dos segundos antes no tenía, y cinco años desde que descubrí por qué siempre —todos los porqués de pronto, como un ejército fantasma rodeando mi vida— tenía la sensación de que en casa vivía alguien además de nosotros dos, broma que yo contaba a todo el mundo porque solo yo intuía que no era broma, presencias que sentía y que se movían con ella o conmigo, como esos perros de los que no se sabe quién de los dos es el dueño hasta que empiezan a correr cada uno en dirección contraria. Cinco años desde que me quedé solo en un piso de la calle Infantas, ese primero derecha grande, de techos altos y patio interior sin plantas, y un portero amable y bueno llamado Julián. Y por tanto cinco años desde que sospeché que, si había fantasmas, no estaban con ninguno de los dos, sino que pertenecían, como tantos otros en la historia, a la casa, o la casa a ellos; cinco años desde que me equivoqué por completo, también con esto. Cinco años sin recibir

ninguna queja vecinal, cinco años creyendo vivir bajo '
la amenaza de convertirme en presidente de la comunidad por buena conducta. Cinco años viendo el
fútbol sin que necesariamente jugase mi equipo.
Cinco años pensando, todos los días entre las 19.30
y las 21.30, que al día siguiente las cosas cambiarían.
Cinco años sintiéndome un buen tipo, quizá siéndo-
lo. De los peores buenos tipos que puede ser alguien,
el buen tipo de relleno, alguien sin impacto en la so-
ciedad: bueno para nada y para nadie, ni siquiera
para sí mismo, pero bueno al fin y al cabo.

Dejé de pensar, sofocado, y corrí a mirarme al
espejo. Puse en Spotify un disco de la Nazarena y lo
escuché entero; su voz desgarrada y tremenda, gra-
bada a finales de los setenta, las letras del legendario
Cándido Castro, Sapristi, y de Macario González,
el Gusanito, y al terminar de escucharlo tomé mi
primera decisión en cinco años: escribir o llamar a
Valen. Me importaba tan poco la Nazarena que me
estaba empezando a marear escucharla. Ni siquiera
se iba a morir, y su cáncer era un cáncer de vieja, uno
de esos tumores que están tan cómodos en el cuerpo de
alguien que lo que hacen es prolongarle un poco más
la vida.

Empecé por mi cuenta su obituario porque me
enteré de que Valen había vuelto al fin de Estados
Unidos, y soñé con que el periódico, si le vendía mi
historia sobre la Nazarena, me pagara un hotel allí.
No uno de esos hoteles carísimos en los que la clien-
tela fuese a darse la vuelta para ver la estupenda es-
tampa de Mariola Campuzano, pero sí bastante caro
como para que se girasen dos o tres hombres que la
recordasen haciendo carrera en Pasapoga, que es a lo

que todo el mundo me contó que iba allí cuando empezaba. El caso es que nadie del periódico me contestó, pero iría igual.

La decisión (llamarla o escribirla) que contenía otra (¿llamarla o escribirla?) me pareció un primer paso para volver a adentrarme, despacio, en el triste y perturbador mundo de las decisiones. Hubo una anterior: elegir a la cantaora para hacerle un obituario y viajar así a Málaga. A esa le siguió otra: tomar la decisión de ponerme en contacto con Valentina. Faltaban dos, la forma de contacto y, por último, contactar. Cinco años sin oír su voz desde que lo dejamos. Cinco años sin verla en persona, cinco años sin olerla sabiendo que ella jamás olería a muerte. Cinco años sin sentir sus manos en mi pelo, metiéndolo entre los dedos como si fuesen hierbajos secos, mala hierba. Cinco años sin marcar su número y sin escuchar su voz; cinco años sabiendo perfectamente lo que me iba a decir nada más descolgar, el chiste que haría, el temblor de la voz después, el silencio apartando el teléfono de la cara para poner un mohín (se le formaban pequeñas arrugas cerca de la nariz, como dos arañitas, y era así desde niña), y luego su voz recomponiéndose, mientras se disculpa y me dice que claro, que estaría muy bien verse, que me ha echado de menos, «pero no tanto como piensas» entre risas, y colgaríamos mandándonos un beso, nerviosos, para luego pensar en nosotros, unos segundos ella, quizá, varias horas yo, dándole vueltas a la conversación que habría grabado para desmenuzarla, analizarla, destriparla, fijarme en todas las inflexiones de su voz, en las palabras elegidas, en el tono de cada frase, en su construcción sin-

táctica, en su semiótica, en su reacción a mis palabras, en la mía propia, en la despedida, cómo se
mandó el beso —¿quién lo dijo antes, quién respondió y cómo respondió: por obligación, con ganas,
con calidez, con sorpresa?—. Sabiendo que al colgar
solo tendría ganas de escuchar despacio esos segundos de conversación antes de volver a escucharlos
después, una y otra vez, una y otra vez.

11

En verano de 1998, después de llevar casi dos años saliendo juntos, empecé a sentirme parte de la familia de Valentina Barreiro y pasé dos semanas con ella en el pueblo. Su padre era un hombre peculiar. Era hermoso y joven, un tipo descolocado primero por el cáncer de su mujer y luego por su muerte; yo diría que no se recuperó del golpe, pero Valen lo definió con más desolación: nunca se recuperó de haber nacido. Trabajaba en una asesoría de seguros de Pontevedra, no tenía vicios y su vida era tan aburrida como puede serlo la de alguien casado con una bruja. Se llamaba Maximiliano y era hijo de uno de los últimos alcaldes franquistas de Pontevedra, alguien sin duda con ambiciones imperiales que creyó que, poniendo al hijo semejante nombre, heredaría el ayuntamiento. Observé en Valen cierto desprecio hacia él, producto de su falta de carácter, tan necesario para lidiar con ella y con su hermano, un chico de catorce años con tendencia a que le gustase el fútbol.

En esas dos semanas que pasé con ellos aprendí también los equilibrios internos de una familia cuando se muere la madre, en este caso protectora de la casa, la mujer que lo llevaba todo, desde la crianza hasta el dinero, el orden y la limpieza. El equilibrio interno consistía en que a la mujer muerta la sustituía una mujer viva. Esa mujer era la abuela de

Valen, madre de Maximiliano. Tenía setenta y cinco años, pero la muerte de su nuera la había obligado a tener de nuevo cuarenta y cinco.

«Lo nuestro» era una cosa de la familia de la madre de Valen, jamás se hizo referencia dentro y fuera de aquel núcleo estrecho de los Barreiro. Tampoco pregunté si su padre lo sabía, algo que daba por hecho: que lo sabía y que había puesto distancia sideral de por medio. Me parecía hasta oírlo: «cosas de mujeres». El hombre pertenecía a una generación muy concreta de la dictadura que creció con la orden moral de hacerse con un empleo y un sofá, no molestar a nadie, no pasarlo bien más de la cuenta, asegurar la siguiente generación y acabar de follar en cuanto naciese el último hijo; la televisión era su sueño de infancia y la ambición satisfecha cuando se instaló en casa. No había nada más para Maximiliano Barreiro. Si alguna vez, a finales de los ochenta, mostró signos de cansancio y despertó un día con la intención de cambiar el mundo —ya fuese mediante un buen gesto o acaudillando una revolución—, la llegada de las cadenas privadas a España desbarató la insurgencia. El último acto de resistencia con su mujer fue tratar de ponerle a su hijo el nombre de Dositeo, como su abuelo. Perdió esa batalla, para fortuna de todos, y cuando el mando a distancia llegó a los hogares españoles no volvió a decir nada más, salvo una frase a la que se aficionó viendo el concurso *El precio justo*: «El dinero no da la felicidad».

Valen era hija de aquella frecuente desidia. Crecía dentro de ella una mujer sin ánimo de molestar a nadie y con ganas de dejar que el mundo girase o ardiese a su antojo, pero su rebeldía acababa destruyendo esas intenciones: la vida era un regalo, y la iba a explotar hasta las consecuencias finales. No quería cumplir sesenta años sin saber qué había pasado para llegar hasta allí, como si la hubiese traído la corriente de un río: quería llegar nadando, por su cuenta, matando sus propios monstruos marinos; no quería cumplir los sesenta y acordarse perfectamente de lo que había hecho hacía treinta o cuarenta años, de las caras de la gente que había conocido, de sus anécdotas, o incluso de sus conversaciones con ellos. Había que vivir tanto que la memoria desechase recuerdos por inservibles, por parecidos, por supervivencia de otros más estimulantes y necesarios; había que poner a competir los recuerdos como en uno de esos *reality shows* que su padre veía cada noche.

Cuando salió de la adolescencia, era un animal de costumbres sencillas que solía estar a la defensiva y no expresaba sus inquietudes —sus celos, sus enfados, sus penas— por miedo a que la dañasen. Todo eso lo aprendí aquellos dos primeros años juntos, los años de nuestro descubrimiento. Cuando cumplió los treinta y recordamos aquel verano, me dijo algo hermoso en su fiesta, cuando ya se fueron todos: «Se necesita haber pasado un año con alguien para saber si puedes estar un año con él». Para entonces ya no vivía su padre tampoco, y había heredado de él su coche, el Fiat 131 Mirafiori con el que la familia hacía excursiones el fin de semana. Con él, por ejemplo, fueron un año a ver la nieve a Cabeza de Manzaneda. Fue en verano. El padre subió a su familia en el coche a finales de julio porque, según les dijo, ese año había caído una tremenda nevada en las montañas. Los niños hicieron el viaje confusos, muertos de calor en aquel coche sin aire y sin cinturón, sin nada, solo con la casete de *Cuerpo a cuerpo* de Luis Eduardo Aute sonando sin parar, en dirección a la nieve, sin camiseta dentro de un horno, sudados como pollos. Al llegar no vieron nieve, pero sí la concentración de pretemporada del Real Madrid de John Toshack, y su padre salió corriendo de un lado a otro haciéndose fotos con todos —la de Míchel la enmarcó y la colocó en el salón junto con los retratos familiares— y diciéndole al hermano de Valen «¡sorpresa, aquí están tus ídolos!», y el niño venga a decir que él quería hacer una bola de nieve.

—No recuerdo qué edad tenía yo, era una niña, pero fue la única vez que vi a mi padre entusiasmado. Mi madre le dejó hacer justo por eso: nunca le había visto montar un plan, aunque el plan fuese engañar a unos niños. Pero yo lo hubiera apoyado hasta en un asesinato, ahora que lo pienso.

El Mirafiori era blanco, y su padre no volvió a conducirlo después del velatorio de su mujer, así que durante nuestro primer verano el coche estuvo aparcado en la calle y ahí se quedó unos años más, cogiendo polvo, hasta que Valen se sacó el carnet de conducir. Antes de eso, nos limitábamos a subir en él y a dejar que pasase el tiempo. Era nuestra casa, nuestra independencia. Valen se colocaba en el asiento del conductor, y nos tirábamos horas hablando, escuchando música y fumando pitillos que comprábamos sueltos en el quiosco mientras la gente pasaba por la acera y nos veía creyéndonos heroinómanos adolescentes. Hablábamos mucho entonces, encontrábamos palabras para cualquier cosa. Ahora que lo pienso, fueron tiempos impresionantes. Nuestros cuerpos cambiaban, nuestras voces cambiaban; nos habíamos enamorado de una persona que aún no sabíamos cómo sería mañana. Recuerdo a la perfección todos los detalles de aquel verano porque lo que decíamos lo decíamos sin cálculo y sin pensar que asumíamos un riesgo. Todo tenía sentido de golpe si lo veíamos desde nuestra perspectiva: los buenos y los malos momentos, nuestras familias, nuestros amigos, nuestras penas, nuestras alegrías; todo había sido dispuesto antes para que, cuando nos conociésemos, aquello tuviese lógica. No había miedo porque estábamos juntos, y cualquier desgracia personal, por grande que fuese, primero se curaba marcando un número, cuando no vivíamos en la misma casa, y después mirando a un lado de la cama. Como la vida, como los órganos que crecen dentro de un cuerpo y no sabemos su función hasta que salimos al mundo y se activan como una máquina formidable, de manera que todo, hasta el último centímetro del organismo, cumple una misión concreta, y esa misión concreta no nos tiene a nosotros como destino, sino a otra persona.

Uno de esos días de finales de agosto, mientras hablábamos de lo que haríamos cuando estudiásemos en la universidad, Valen puso el casete de *Cuerpo a cuerpo* y me contó la historia de la vez que su padre los llevó, a ella y a su hermano, a conocer la nieve solo para hacerse fotos con los jugadores del Madrid. Yo me ahogaba de la risa. «Ay, amor mío, / qué terriblemente absurdo es estar vivo», cantaba Aute. Cuando terminó la primera cara de la cinta, abrí la guantera para coger otro casete que había visto de *Use Your Illusion*, de Guns N' Roses, y nada más abrirla cayeron varias cartas.

Eran sobres con remite y remitentes, tres o cuatro; Valen se abalanzó sobre ellos para devolverlos a su sitio, debajo de la carpetita en la que estaban los papeles del coche y de las cintas de música. Estaban dirigidas a ella, y de uno de los sobres me dio tiempo a ver la procedencia porque estaba en mayúscula, Castletownbere (probablemente mal escrito). El resto de la letra era minúscula y torcida, letra de alguien que escribía mal o al menos tenía una caligrafía horrorosa.

—Toma —dijo dándome el casete de *Use Your Illusion.*

Pasaron algunas cosas extraordinarias en aquella época en la que abandonábamos la niñez, sucesos paranormales que Valen asumió con naturalidad adolescente: ni ella era especial, decía, ni las cosas que le pasaban tenían que ser tan increíbles como para que solo le pasasen a ella. Lo que ocurría, estaba segura, era que la gente no las contaba, «como yo, que tampoco las cuento». Cuando decía «yo» se refería a «nosotros», y a mí me pasaba lo mismo; con el tiempo entendí el sentido exacto de ese amor: no reparar en que sois dos personas en dos cuerpos distintos; invitar a gente a casa diciéndole que estás solo cuando en realidad estás con ella, anunciar que vas a comer sin que se te pase por la cabeza que no coma también ella.

Una de esas cosas extraordinarias que ocurrieron fue cuando un niño de Portonovo empezó a llorar delante de su madre cuando tenía cinco años. Ella le preguntó qué le pasaba, y él le dijo que se acordaba de cuánto la había hecho sufrir en el parto. «A mí no me dolía. Sé que a ti sí, gritabas y llorabas mucho.

No quería hacerte daño», dijo. La madre lo miró aturdida; el padre, como todos los padres, le respondió que no dijese tonterías, y pasó página con rapidez, en plan «el niño no ha dicho nada, ¿alguien lo ha oído? Sigamos a otra cosa, qué turbación más tonta». Pero el niño siguió recordando detalles, y eso, con aquella voz infantil, terminó de enfadar al padre. «¡Tonterías! ¡Cállate ya!». Estábamos en un bar y la escena del niño sacaba de quicio al padre, que intentaba hacer la quiniela. Valen miraba al niño con comprensión adulta.

Había algo arisco ahí, pero sobre todo lo que había era miedo; no solo el miedo adulto a las cosas que no se pueden explicar, a las cosas para las que aún nadie tiene respuesta, sino el terror absoluto de que eso se produzca tan cerca. En tu hijo, ni más ni menos. A veces tienes tanto pánico a que le ocurra algo a tu hijo que la primera reacción, cuando le ocurre, es fingir que no le ha pasado nada. Yo lo había vivido de niño, un día que acompañé a mi padre al campo del golf de A Toxa. Correteaba por ahí descontrolado cuando, sin darme cuenta (tendría seis o siete años), pasé por detrás de un hombre que ensayaba un golpe y al tirar hacia atrás el palo me impactó en la cabeza. Podría haber sido una muerte instantánea; de hecho, me quedé inconsciente. ¿Y quién fue el primero en espantar a los curiosos al grito de «¡está bien, no pasa nada!»? Mi padre, muerto de miedo, sin color en los brazos y con las uñas moradas por el horror. Cuando crecí, pensé mucho en esa escena mientras me acariciaba la cicatriz de la cabeza, que por fortuna tapa el pelo. El bloqueo ante lo inimaginable —tu hijo de seis años muerto delan-

te de ti, abatido por el palo de golf de un señor seguramente gordo y riquísimo que te invitará a un whisky muy caro para que pases página, «y a ponerse a
hacer otro, aún me vas a deber un polvo»—, las ganas desaprensivas de que te levantes y andes como si
tal cosa. La necesidad —moral, física, necesidad absoluta— de que no haya pasado nada, y de que las
cosas sigan igual que antes del golpe en la cabeza: el
golpe no se produjo, seguimos en el pasado inmediato, «ponte de pie y deja de hacer el tonto». Acabé en
la UCI, claro, y menos mal que mi padre no entró
allí empujando a los médicos para llevarme en volandas («es un teatrero el chaval, está como una
rosa»). Fue como el «no, no, no» de Valen cuando se
le congeló la mano de repente aquel día en Campolongo, al salir de la iglesia, cuando vio algo que yo
entonces no sabía qué era.

A los diez años, el niño ya no se acordaba de
nada. Valen se lo cruzó un día en el muelle y se lo
preguntó. «¿Te acuerdas de que, cuando eras más
niño, recordabas el momento en que naciste?». No
se acordaba. «¿Y te acuerdas de cuando tu mamá
lloraba por el parto, y tú pensabas que no le querías
hacer daño?». Le dijo que tampoco con cara de «¿estás embarazada o qué *carallo*?» y siguió jugando con
sus amigos, o quién sabe, hablando con ellos de
cómo lo pasaron cuando nacieron, qué caras tenían
sus madres y cuánto tardaron en echarse a sus tetas,
y cómo eran esas tetas, vete tú a saber.

Un día del siguiente año se produjo el estirón de
Valen. Poco a poco, dejó de ser una adolescente relle-

nita y algo robótica —como si el cuerpo hubiese dejado de pertenecerle y no supiese manejarlo, al quedársele antiguo— a crecer varios centímetros y estilizarse. Algo normal a esas edades, con la diferencia de que a ella la cara le cambió de una forma más exagerada; aparecieron los pómulos como si hubiese bajado la marea y los ojos le crecieron debido a ese rostro más delgado. Eran unos ojos oscuros como la noche, tanto que a veces no se podía saber su color real. Apareció también una barbilla muy graciosa que yo le agarraba con las manos (se enfadaba) y una boca que, por sus gestos habituales de fastidio irónico, parecía un arma sencilla y letal. Durante un tiempo eché de menos a la Valen de antes, aquella que se plantó en La Madrila moviendo el cuerpo al ritmo de «La bilirrubina», pero solo la echaba de menos porque la había perdido. El primer cuerpo desnudo con el que estuve ya no existía, tampoco aquella cara redondita y graciosa, descarada; ni siquiera el pelo, que ya no se coloreaba y se lo dejaba natural, brillante y negro, casi siempre recogido, porque empezó a decir que el cuello era su parte más bonita, el lugar que solo yo podía morder, y el lugar que primero se le erizaba cuando sentía una presencia, alguien que merodeaba a nuestro alrededor o que quería algo de ella, sin que supiese nunca —o casi nunca, hasta mucho tiempo después— qué podía o tenía que hacer.

—¿En qué piensas?
—En algo, a ver qué te parece.
No recuerdo en qué año fue, sé que yo estaba ya en la universidad y Valen empezaba a hacer teatro

por Galicia. Vivíamos en un ático de la calle Sagasta de Pontevedra, el punto de encuentro habitual de la pandilla. Yo pasaba las tardes tratando de escribir una novela con un ordenador tan grande que ella decía que había dentro un enano tecleando a máquina y pegando por detrás las hojas a la pantalla. Ella se aprendía papeles, o escribía teatro. Esa tarde Valen había bebido vino y fumado algo de hierba, se reía de una manera idiota y encantadora, y yo la miraba todo el rato sin hacer caso a otra cosa, desconcentrado por ella.

—Mañana vamos a volver a la iglesia, ¿te acuerdas?

No habíamos vuelto a la iglesia de Campolongo, y yo entonces aún no sabía nada de aquellas señoras que nos habíamos encontrado allí y que tan mala espina me dieron. Supe por Valen que siguió frecuentándolas un poco y que la relación terminó mal por algo que ella les dijo. No pregunté, no podía hacerlo. Se había levantado un muro inteligente entre los dos acerca de esa parte de la vida de Valentina a la que nadie tenía acceso. A veces quedaba con gente que yo no conocía de nada, supongo que para transmitirles algún mensaje o prestarles ayuda con relación a un familiar fallecido. Pontevedra es una ciudad muy difícil para esquivarse tengas la edad que tengas, y alguna vez la vi desde la calle en cafeterías del centro con gente con la que no tenía nada que ver, mayor que ella, de otra ciudad incluso, o al menos jamás los había visto por Pontevedra.

—¿Se nos perdió algo en la iglesia?

Se quedó pensativa.

—No —dijo—. Vamos a ir a la iglesia de San Martiño de Santiago. —Se levantó de golpe, dando un salto—: ¡Quiero jugar!

El juego era una locura. Ella iría a Santiago por su cuenta, se metería en la iglesia y se quedaría arrodillada, rezando o lo que fuera, entre las seis y las ocho de la tarde. «¡Dos horas!». Yo tenía que aparecer en algún momento (ella no podría girarse, la mirada al frente), buscarla, pegarme a su espalda con la mayor discreción y masturbarla. Y marcharme. A casa. Ella volvería luego. Podía haber dicho que sí o que no, pero en su lugar dije:

—Tendrá que ser rápido.

—Será rapidísimo —dijo—, porque tengo que suponer que eres tú, pero podrías no serlo, porque te estaré esperando sin saber cuándo llegarás y el corazón me latirá muy deprisa, y estaré empapada todo el rato.

Decidimos hacerlo al día siguiente. No debía informarla de nada: sabía que estaría esperándome entre las seis y las ocho, y yo aparecería en algún momento. No se me iba la idea de que iba a viajar sesenta kilómetros en tren para hacerle un dedo en otro lugar a la chica que vivía conmigo.

Cogí un tren que me dejó en Santiago a las siete. Si la hacía esperar casi dos horas, igual no habría que repetir semejante juego, porque, conociéndola, empezaba a pensar que aquello solo era el principio. Ya en Santiago, bajé por la calle Val de Dios al encuentro de Valen como quien acude a un destino militar. «Soy muy tímida», me había dicho poco después de conocerla. Y era tímida a su manera. La timidez era una actitud formal suya ante la vida. Aquella timidez de Valen, pensaba yo a buen paso, había de ser una timidez joven, no cultivada ni alentada: un sonrojo que habría de padecer aún más al sentirme por detrás, y le llevaría la mano a la entrepierna y cerraría los ojos embriagado. No como si llorase, sino como si estuviese a punto de llorar.

Entré en un bar, pedí un tinto y me senté junto a la barra para tomar un poco de aire y hacer tiempo. Miré a mi alrededor, estaba solo. Andaba en ese punto de inflexión, camino del horror, en el que el mundo empezaba a parecérseme. Tras un resuello, logré marchitar el cigarro empujándolo contra el fondo del cenicero, casi sin fuerzas, y me encerré en el cuarto de baño temiendo que me hubiera bajado la tensión. Cuando salí a la luz del otoño, en Santiago habían cambiado de color los castaños, y aquí y allá bailaron varias hojas mientras empezó a ponerse el sol con una inclinación veloz. Valen lo había preparado todo con el celo propio de un general en tiempos de guerra. Me esperaría arrodillada, clavando los ojos en la cruz, vestida con una falda negra y una camiseta de tiras que dejase ver los lunares de su espalda.

Nunca se quiere a alguien del todo. Hubo siempre una mirada no devuelta o un gesto extraño que nadie tradujo, ya fuese por miedo o por piedad. Queda un fondo sin luz así pasen los años y así corra el amor, y ese fondo se va con uno. Hay dolores intraducibles, y eso quisiera haberle dicho. Todo es pasado, y eso quisiera haberle dicho. «Las gradas de la iglesia huelen a niños desgraciados», pensé al entrar, y luego hundí la nariz en su pelo suelto. Ella llevaba aprendida la lección de Sara y nunca miró atrás: pude haber sido cualquiera, pude incluso haber mandado a otro en mi lugar.

Repetimos la experiencia en otros sitios y con tiempos de espera por parte de ella cada vez mayores, en un juego emocionante que tenía que ver con las expectativas. «Al no saber cuándo vas a aparecer, todo el rato estás tú, todo el tiempo lo ocupas tú, aunque no estés», me dijo.

Un día anunció que se había acabado el sexo. Me habló de Ponte Maceira, una aldea de paso a Fisterra, el fin del mundo, y a Santiago, transitada por los peregrinos. Allí había un puente precioso en el que, según la leyenda, se persiguió una vez a los discípulos del apóstol Santiago cuando el puente, se suponía que por mandato divino, se derrumbó. El caso era que el puente estaba intacto. Ella se apoyaría en uno de los bordes, de espaldas al viaducto, mirando al río Tambre. Estaría allí de cuatro a seis de la tarde sin saber cuándo llegaría yo. Yo viajaría en el Mirafiori de su familia, me aclaró —«no vengas en tren, que luego hay que coger un autobús y me voy a morir esperando»—, y debía hacer lo siguiente: aparcar, bajarme del coche y cruzar el puente despacio de un margen del río al otro dos veces, meterme de nuevo en el coche y marcharme de vuelta a Pontevedra.

—¿Y tú?

—¿Yo qué?

—¿Tú qué harás?

—¡Sentirte! Por allí pasa muy poca gente. Estaré nerviosa por saber cuándo cruzarás. Lo sabré por tu forma de caminar, porque cruzarás dos veces, porque lo harás despacio. No te acerques a mi espalda, por favor, hazlo por el centro del puente. Te distinguiré, da igual a la hora que cruces.

Hubo más aventuras de esas. Pronto también yo entré en el juego. Pude experimentar la rara emoción de una espera en un sitio lejos de casa y casi deshabitado, aguardándola a ella para sentir de repente, como un trallazo, que por fin estaba cerca, y terminar con los pelos de los brazos erizados cuando ocurría. Estuvimos así años. Inventó experiencias más o menos complicadas, con más o menos gente a nuestro alrededor. A veces tenían relación con el oído, otras veces con el tacto, otras con el olor. Ya cuando vivíamos en Madrid llegamos a encontrarnos un día en Toledo, donde ella fue a dormir sola en un hostal y yo me registré esa noche en el mismo, en otra habitación, antes de reencontrarnos por la mañana en el desayuno. «Sé en qué habitación estás», dijo. «Y yo sé la tuya», contesté de repente, absolutamente seguro, y era verdad, y se me puso la piel de gallina.

Cuando se estrenó *El caballero oscuro*, me dijo que quedáramos en los cines Capitol.

—Entras tú primero, y yo lo haré a los dos minutos de empezar, cuando hayan apagado las luces.

Era una sala grande. Durante la película los dos podíamos saber el lugar en el que estaba sentado el otro. Habían sido muchos años de juegos, de percibir nuestras energías de manera inexplicable pero lógica, de controlar nuestros sentidos. Podíamos llegar tan alto como quisiéramos. Podíamos —nos pasó una vez— estar en la misma planta de un centro comercial abarrotado de gente y sentir la presencia del otro, saber que no nos separaba mucha distancia. Incluso escucharnos, aunque eso era una ilusión: «sé que estás aquí, yo estoy aquí».

Los mejores años de nuestra relación fueron casi todos, y discurrieron en piloto automático, amparados por una rutina en la que dábamos por hecho nuestro amor. Lo dábamos por hecho porque lo estaba, y no teníamos la necesidad de reinventarnos a cada rato porque nos gustábamos así. Los días iguales nos ayudaban porque construían un suelo formidable que, cuanto más duro, más podíamos dedicarnos a rayar sin miedo a que se estropease. Yo vivía en el filo divertido que separa al tío con el que quiere estar todo el mundo del tío con el que no quiere estar nadie. Cuando lo eres todo y luego no puedes ser otra cosa que nada. Pero lo pasaba bien, y Valen lo pasaba bien, y nadie estaba por la labor de avisarme del riesgo. Teníamos todo lo que ha de tener una pareja feliz: una panadería, una frutería, un bar, unos amigos solo nuestros y muchos amigos comunes, y esto ocurrió tanto en Pontevedra como en Madrid. Si no dormíamos juntos, nos mandábamos el primer y el último mensaje del día. Y me gustaba la percepción que tenían de nosotros desde fuera: el rollo que gastábamos, según el cual todo el mundo suponía que estábamos por encima de clichés morales sobre la pareja, fidelidades a la antigua o posesiones endiabladas del otro, y que nos situábamos en un plano ético acerca del amor que sería hegemónico en el futuro, solo que nosotros habíamos llegado, como en tantas otras cosas, antes.

Era gracioso porque era verdad. Pero si uno está enamorado de verdad, hasta en las almas más libres y salvajes, más seguras de sí mismas, late dentro el viejo reloj de los instintos primarios, entre ellos el primero de todos: la supervivencia de la pareja, el miedo a perderla. No sé cuándo ese reloj empezó a funcionar de tal manera que lo ensordeció todo. Supongo que fue cuando nos dimos tanta cuerda que por momentos ya no sabíamos dónde estaba cada uno, y un día supe que podía sentir dónde estaba Valen en un centro comercial abarrotado, pero no dónde estaba cuando la tenía a mi lado en la cama. Y a pesar de que decíamos que estábamos por encima de cualquier cosa, no era así. No estábamos por encima de nuestros secretos: de los fantasmas que acompañaban a Valen, de un resentimiento mío que tenía que ver con la clase social y el éxito profesional y se lo hacía pagar, también en secreto, con aventuras dañinas y tóxicas que podían destruirla: le había puesto una bomba lapa a su vida y a nuestra relación que, por fin, me otorgaba poder: si apretaba el botón, podía hacerla saltar por los aires. Saberlo me reconfortaba y me reconciliaba con ella.

Todo se perdonaba o se podía perdonar si nos cuidábamos y nos queríamos. Y así siguió funcionando el piloto automático sin que nos llamase la atención, pero ya lo estaba haciendo en la dirección equivocada. En el paraíso, la gente no habla porque la gente feliz no tiene necesidad de hablar. Y nosotros empezamos a verbalizarlo todo, menos lo importante, que dejamos de distinguirlo.

Por eso, cuando en la Navidad de 2017 Valen me propuso hacer un viaje después de Nochevieja a modo de regalo de cumpleaños, yo no pude saber que era uno de los últimos vagones que pasaba delante de mis narices. La propuesta era tan convencional, tan «poco» ella. Tenía claro que no le apetecía. Que lo hacía, como tantas cosas en los últimos tiempos, por imitar al resto de las parejas; quería planear un viaje porque se suponía que era lo que teníamos que hacer si estábamos juntos, una forma de acoplarnos al molde, que era precisamente lo que habíamos esquivado tantos años: huíamos de lo que se esperaba de nosotros, y nos había ido bien así. Pretendíamos estar por encima de nuestras pasiones y nuestras miserias, de lo que un ser humano siente de forma natural, como la envidia o los celos. Funcionó durante años, quizá por el empuje de la inconsciencia y de la juventud, pero en la última etapa nos dedicábamos a decirnos «estamos bien», a creernos que lo estábamos por escribirnos «*landed*» cada vez que aterrizábamos en alguna parte, por automatismos de esos de «tenemos un universo propio» mientras presumíamos de cuánto nos conocíamos, de qué ropa le gustaba a cada uno, de cómo acertábamos siempre con los regalos, y lo hacíamos sin saber que esa era nuestra tumba. Ya éramos nuestros padres, y envejecíamos juntos como tales, y de haber durado dos años más hubiéramos contado orgullosos que teníamos una habitación propia y que en verano dormíamos separados «por el calor»; que viajábamos «para desconectar», y al volver a Madrid diríamos que se «nos hizo corto» y que «pasó el tiempo volando»; y habríamos acabado pidiendo la comida del otro «porque sé lo que le gusta». A follar lo habríamos llamado «tiempo para nosotros», a odiarnos, «lo quiero tal y como es», y desenamorarnos habría consistido en «darnos nuestro espacio». En el amor hay una forma de hablar, una forma de mirarse y una forma de follar, y siempre muere antes la primera, quizá porque es la que menos se nota, y eso permite a los amantes seguir caminando aun muertos.

12

Era noche cerrada en Lagarei cuando salí de casa de la señora Isolina. Allí no había llegado ni la Navidad ni la luz eléctrica. Por aquel camino de tierra que llevaba al hogar de la vieja no había ni rastro de vida en medio de una oscuridad apacible. Era una de esas aldeas de costa en las que se oye el mar, pero no se ve; el Atlántico rompía cerca, y las olas de finales de diciembre batían contra la tierra, pero hasta aquellas dos casas solo llegaba el ruido.

Algo me hacía respirar muy rápido y muy profundo. Necesitaba llegar a una carretera y llamar a un taxi, o incluso parar un coche. Me encontraba en el estado de angustia de quien recibe mucha información de golpe sobre algo que ha tenido más de veinte años en su vida y no sabe cómo procesarla, y no sabe si al procesarla ese algo se distorsionará ante sus ojos. ¿Me interesaba la verdad?, ¿quería saberla siempre? Tenía claro que me había tropezado con ella, no había salido a buscarla, y en ese momento lo único que me interesaba era conocerla. Para que no te interese la verdad no hay ni que sospechar que existe. Si es tan grande que proyecta sombra y un día te encuentras pisándola, es imposible que no quieras saberla.

Tenía que preguntarle a Valen por qué un chico llamado César Estevo, del que nunca me había dicho que era su amigo inseparable, quién sabía si su novio, alguien que incluso llegó a vivir con ella semanas antes de conocerme, había salido un día del mar delante de mis ojos y, sobre todo, qué fue de él. ¿Se le aparecía? Le tenía que preguntar también por aquellas viejas amigas de su madre, en especial por la anciana señora Isolina, la única protección que César tuvo en su vida, y que no tenía ningún sentido que siguiese viva. Quién era yo en esa historia, de qué manera se puede olvidar una chica de su mejor amigo justo después de que él embarcase.

Tenía que preguntarle a Valentina Barreiro si él había estado todo el rato con nosotros. Por su empeño en sonreír sin venir a cuento, en divertirse sin ton ni son, aparentando un estado de ánimo que dos segundos antes no tenía, por la forma de peinarse o recogerse el pelo, por su manera de hablar y moverse, por cómo se pellizcaba los dedos de forma inconsciente y casi imperceptible mientras fingía que escuchaba con atención, ella, que no tenía concentración, pero que sabía que esa postura, ese modo de estar en grupo —escuchando, mirando fijamente a su interlocutor—, la hacía muy atractiva.

En ese momento, saliendo de aquella aldea en mitad de la noche bajo una tormenta eléctrica que iluminaba por fin las casas de los alrededores y los perros que ladraban pegados a sus cancillas, recordé que en muchas ocasiones Valen tenía la piel de gallina, los pelos de la nuca erizados. No estaba queriendo gustarle a un actor, no estaba queriendo seducir a un productor ni causar buena impresión a una directora de casting; estaba viendo o sintiendo a aquel César; lo tenía en medio de la habitación o del restaurante o del rodaje o de la discoteca, y no podía comunicarse con él porque había más gente, pero sí podía querer tranquilizarlo o agradarlo, sí podía comportarse de pronto como nos comportamos todos cuando entramos en un sitio en el que no sabemos si está la ex que perdimos, como nos comportamos todos cuando salimos de casa y no sabemos si nos la vamos a cruzar al doblar la esquina, en un coche mientras esperamos un semáforo, en la cola del súper o cuando creemos verla venir de lejos, se parece a ella y va con otro hombre. Sujétate el corazón y trata de aparentar ser guapo y feliz, y tener la cabeza en mil proyectos en marcha.

Tenía que preguntarle todo eso, pero tenía claro que no podía, o no sabía, hablarle a Valen de César, porque tenía la certeza de que era algo más grande que yo de la manera en que solo puede serlo un muerto. Basta morirte joven para elevarte dos palmos de lo que fuiste en vida: mejor guitarrista o mejor alumno o mejor hijo de lo que eras; mejor persona, en definitiva, mucho mejor persona siempre enterrada que a descubierto. Pero ¿y si ese muerto es ahora un fragmento, un fantasma que convive contigo o te protege a distancia, que vive solo para ti, para saber dónde estás y con quién estás y qué aire respiras? La respuesta me parecía tan clara que no habría soportado escucharla de su boca. Ni la verdad, que era esa, ni la mentira, que me volvería loco.

Pero quien pregunta se expone a que le mientan; quien pregunta hace rodar un mundo que no se para ni con el silencio: también el silencio es una respuesta a su manera. Preguntar es el arte delicado por el que se rigen las relaciones de los seres humanos; preguntar es querer saber, pero primero hay que estar convencido de querer saber y de lo que se quiere saber, de a quién preguntar y cómo preguntarlo. De exponerte a ser engañado cuando, antes de hacerlo, no lo estabas.

Cuando me subí por fin al taxi en la carretera general, después de caminar un buen rato, sonó el móvil. Era Valen. Me regalaba, por mi cumpleaños, un viaje con ella después de Nochevieja. Nos íbamos a ver al día siguiente, celebraríamos juntos mi cumpleaños. Lo lógico era decírmelo entonces, me escribía en un wasap, pero no se aguantaba, y además estaba preocupada (¿era ese el motivo real de la llamada?): ¿dónde me había metido?, ¿estaba de fiesta?, ¿desde cuándo? Quería estar segura de que yo iba a aceptar el regalo. Había que «cerrar planes».

Eran tantas las preguntas que tenía rebotando en la cabeza que, aunque estúpidas la mayoría, le respondí que no: que no me apetecía hacer ese viaje, que necesitaba estar más tiempo en Galicia relajándome. Sentía un rencor difuso, esa especie de odio sin terminar de hacerse que prende en las parejas que evitan las preguntas por miedo a las respuestas, y no les queda más remedio que vivir siempre con ese miedo y empezar a tratarse como extraños.

Cuando pasó la Navidad y volví a Madrid de otro viaje que hice en lugar del que me proponía Valen, y con otra compañía, la encontré en casa encima de una silla en medio del salón, colocando un libro. Estaba alta, con el pelo desmadejado y cobrizo y bellísimo, la camiseta blanca por encima del ombligo al estar estirando el brazo, los pies descalzos de puntillas.

—¿Qué libro es? —le pregunté cortante.

—¿Este? —me respondió aturdida, todavía con él en la mano, de repente ridícula—. No lo sé, es uno.

—Es uno que siempre se caía cuando follábamos en el salón.

—¿Ah, sí?

—Nos reíamos; era como si alguien nos quisiera decir algo.

—No lo sé. —Lo dejó en la estantería y se bajó despacio de la silla, tratando de que no le cayese el pelo sobre uno de los ojos—. ¿No crees que deberíamos hablar?

Pero no hablamos.

Días después, cuando yo estaba en el estudio y Valen había salido, el edificio se vino abajo. Hizo un ruido, más bien, de venirse abajo. El estruendo fue tan grande que me llevé las manos a la cabeza, asustado, y permanecí en esa posición esperando a que cayese también mi techo. Duró un tiempo, quince o veinte segundos, y pude adivinar que el ruido no venía de arriba sino de mi propia casa. Del salón, al final del pasillo. Fue un ruido enorme de cosas cayendo, como si se hubiese derrumbado una estantería llena de trenes de juguete o se hubieran caído las paredes o algún cuadro llevándose consigo miles de figuras de porcelana. En cualquier caso, no me levanté a verlo. Estaba en mi habitación, y aunque la puerta del salón se cerró con fuerza, me dio igual. Yo estaba entretenido, no recuerdo haciendo qué, y lo que había ocurrido en mi salón exigía mis dos principales cualidades: no me importaba y no me producía curiosidad. Hasta que el ruido volvió, esta vez de una forma ensordecedora, como si se hubiese enfadado.

Después de que se quedase todo en silencio, me levanté y fui hacia allí. Ver las dobles puertas del salón me impresionó un poco porque era la primera vez que las veía cerradas desde fuera: al contrario que la del cuarto que da a la fachada, estas nunca se cerraban solas, y verlas así por primera vez —vivíamos allí desde hacía años— me impactó. Pensé que abrir una puerta que nunca había estado cerrada es como hacerse una analítica: de repente no sabes qué hay dentro. Ni del cuarto ni de ti.

Asomé la cabeza. No había pasado nada. El salón estaba intacto, limpio y ordenado. Como ver la lluvia por la ventana y, al poner el pie en la calle, encontrarte esa calle seca. Abrí incluso el armario de las cosas viejas, que era un disparate lleno de botas, cajas y raquetas antiguas, pero allí no había ocurrido nada. Sin embargo, al darme la vuelta, pude ver en la alfombra un libro. El libro que Valen había estado colocando en la estantería días antes y sobre el cual había puesto, alineados sobre otros libros, varios cuadros pequeños, todos apoyados en la pared de forma aleatoria y desganada, porque en aquella casa todo estaba así, de una forma eterna y atemporal. Y ahora los cuadritos seguían apoyados en los libros, menos uno que estaba directamente sobre el mueble porque el que lo sostenía había acabado en la alfombra, a una distancia absurda, enorme: era imposible que hubiese llegado hasta ahí cayéndose solo, era ridículo el ruido que había provocado. Fue como si hubiese caído una manzana de un árbol y apareciese a doscientos metros haciendo el estruendo de un terremoto.

Cogí ese libro por primera vez. Y nada más darme cuenta de que era la primera vez que lo cogía, y lo extraño que era eso debido a las veces que se había caído, descubrí dentro, perfectamente planchadas, varias cartas dirigidas a Valen con el remite desde Castletownbere. El resto de la letra era minúscula y torcida, la letra de alguien que escribía mal o al menos tenía una caligrafía horrorosa. Si hubiese tenido la sospecha de que esa correspondencia podía tener que ver con una infidelidad, no la habría abierto nunca. Había aprendido eso, a diferencia de ella: había aprendido a tener la pistola humeante de un crimen entre las manos y no querer interesarme por las huellas, a poder saber cosas que me afectaban directamente y prescindir de ellas incluso aunque supiese que Valen jamás se enteraría de que lo sabía. No lo hacía por generosidad sino por poder: el poder de ser capaz de acceder a una información y no tener intención de hacerlo, el lujo reservado a uno mismo de no saber ni querer saber ni ambicionar saber; la sofisticación del deseo: estar delante de un millón de euros, saber que nadie se enterará de que te los llevas y dar media vuelta con las manos vacías por decisión propia, para demostrar ser más fuerte que esa tentación; doblarle el brazo incluso a esa parte de ti, la más poderosa, para enseñarle quién manda. Yo era así, lo cual me excluía de los celos. Pero ¿tenía que ver con el daño que le causaría llegar a enterarse de las cosas que yo andaba haciendo, con cómo iba a importarme a mí lo que hiciese Valen teniendo en cuenta lo que hacía yo?

No, aquellas cartas no tenían nada que ver con el amor sino con la muerte, y me habían salpicado a mí casi literalmente: su autor salió caminando del mar un 28 de noviembre de 2010, a las 8.34 de la mañana, siendo casi un adolescente, cuando el océano estaba en calma y, semienterrado en la arena, podía verse el brazo pequeñito de un muñeco de plástico que había dejado allí la marea sin ningún resto alrededor.

Saqué las cuartillas cuadriculadas, arrancadas de alguna libreta de anillas, y me asomé a la vida de aquel chico y por tanto a la vida de mi chica, que era la mía propia.

César apenas sabía escribir. Tenía una letra tortuosa según la cual podían adivinarse ya algunas cosas, como que no pasó mucho tiempo en la escuela o al menos no atendió demasiado en clase (luego, leyendo, averiguaría sus razones). Pero dibujaba. Y lo hacía de forma impresionante y delicada, como lo haría un salvaje que nunca hubiese hecho un trazo y fuese obsequiado por un soplido de Dios; dibujos que retrataban a Valen de forma cotidiana, a Valen de niña jugando en su casa. Había dibujos y más dibujos, minúsculos muchos de ellos, como si los hubiese hecho a la luz de un microscopio. En algunos se dibujaba a él mismo: tirando la cuchara al fregadero desde la puerta de la cocina, jugando con espadas con un amigo suyo, peleando en un colegio.

Era la vida de Valen día a día, desayunando y comiendo, yendo al colegio con una cartera gigante de las que usábamos hace treinta años, cuando llevábamos los libros de todas las asignaturas, una libreta para cada una de ellas, la merienda (yo qué sé: dos yogures, dos plátanos, cuatro galletas María) y un estuche enorme en el que cabía la caja de colores Alpino; Valen arropándolo a él, Valen cocinando para él y cuidándolo, poniéndole una mano en la cabeza como revolviéndole el pelo. La vida de Valentina Barreiro, mi mujer y todo lo que yo sabía, lo único que yo sabía («eres mi mujer y eso es lo único que sé», le había escrito en una ocasión), antes de conocerla yo, como si hubiese sido filmada obsesivamente por la cámara del niño que la acompañaba y ya no estaba.

En las cartas le decía que la perdonaba. Así empezaba. Y seguía contando —tenía que hacer verdaderos esfuerzos por leerle— su vida en el barco: lenta, pesada, dura y hostil. Para quien nunca había embarcado, un infierno. Vomitaba cada rato, permanecía tirado e inútil en el camarote durante horas con una bañera en la que echaba lo que ya no tenía en el cuerpo. Adjuntaba una foto: era un adolescente amable y tímido y fuerte, con gorro de lana, camiseta oscura, mandilón de pescador y botas de agua. No era popular entre la tripulación; de hecho, estaba seguro de que en cualquier momento lo tirarían por la borda como un fardo. Y huía, o eso se daba a entender en las cartas («dime cuándo puedo volver, quiero volver en cuanto pueda, yo te doy las gracias y también te perdono por lo que hiciste, pero quiero volver porque aquí o me matan ellos o los mato yo»), y más adelante: «yo hice lo que hice dos veces en mi vida, las dos porque si no lo hacían ellos conmigo». Y aún más: «yo soy bueno, quiero ser bueno, pero estoy solo, siempre me han dejado solo y ahora ya no tengo más remedio que quedarme así. Me cansé de escapar de mi hermana, me cansé de buscarla en ti; me fui de su lado para no hacerle daño y al final el daño te lo he hecho a ti. No tengo manera de pasar en paz por este mundo». Seguía en otra parte: «te debo dinero y te lo daré, te debo el favor del DNI y de encontrarme este barco, pero yo no quería irme. No le tengo miedo a la policía ni a ellos, y si tengo que pagar, pago. No estaría peor en una cárcel o atado a un árbol otra vez que aquí». «Castletownbere es un pueblo de mierda, todos se meten en el MacCarthys a beber y yo no bebo, me quedo fuera aclarando la letra de las cartas para que la entiendas. Cuando baja la niebla —casi siempre baja la niebla— parezco un fantasma, el fantasma de Castletownbere».

Leí las cartas temiendo en cada línea descifrada la traición de Valen en el pasado, algo que la desmintiese veinticinco años atrás: una declaración de amor de él, una respuesta a una declaración previa de amor de ella, un párrafo que demostrase que eran una pareja de adolescentes enamorados. Aunque en el fondo eso era lo de menos. Sentía unos absurdos celos retrospectivos, una amargura incomprensible que no tenía razón de ser y al mismo tiempo la tenía toda: si se conocían de niños y se enamoraron de adolescentes, y él había muerto, qué sentido tenía yo en su vida semanas después como novio al que, además, se le hurta semejante información. Valen me había metido en un velatorio en nuestra primera cita, ¿pero estábamos ya dentro de otro?

Yo me había equivocado. César no estaba enamorado, no lo parecía en ningún modo, no podía estarlo si en ninguna de las cuatro cartas perfectamente planchadas y dobladas había palabras hacia Valen que delatasen algo más que una amistad (dependencia, más bien) enfermiza; la echaba de menos, echaba de menos que lo cuidase y estuviese pendiente de él, aunque estaba en el barco «porque te preocupo y me cuidas», se interesaba por ella, por qué tal se encontraba y cómo estaban las cosas en el instituto, y le preguntaba más cosas: le preguntaba si había conocido algún chico, «sé que tienes muchas ganas de salir con alguien»; le preguntaba por sus amigas, si había hecho alguna nueva, y le preguntaba por el cura de Campolongo porque en la iglesia echaba una mano ya que a él le ayudó mucho «cuando salí del reformatorio», y preguntaba por su abuela, si la veía mucho, y por la salud de la madre de Valen, que sabía delicada. Volvía, al final de la carta, la última de las cartas, a preguntarle por ella: si se estaba tiñendo el pelo, con qué ropa andaba, y que esperaba que conociese a alguien, citándole a varios chicos («una vez me hablaste de un tío moreno y raro, el hijo del notario»: era yo), y volvía a darle las gracias por sacarlo «del lío» y alejarlo, «aunque de verdad que estaría mejor en tierra», y que no veía la hora de volver y estar con ella, contarle, pasar el tiempo.

Por lo que pude desentrañar, y por lo que él dejó claro en las cartas, el papel de César entre los narcos fue ridículo, no era más que un adolescente; había empezado como muchos chicos de su instituto, a los que iban a buscar —con discreción, mediante contactos de confianza— para descargar en las playas. La maniobra era sencilla: menores de edad alineados entre la planeadora y las furgonetas para pasarse los fardos a la velocidad de la luz. Si aparecía la Guardia

Civil, estampida. Si pillaban a alguno de los chicos, ningún problema. Yo conocía esto porque todo el mundo lo sabía; a mí nunca me llegaron a ofrecer nada, primero porque yo era de familia bien, y aunque eso no era obstáculo —más bien acicate— para hacer de delincuente entre semana, no necesitaba el dinero y, desde luego, que se metiese en un lío el hijo de un notario no era lo mismo que meter en líos a un huérfano cuidado por su abuela.

César, el chico llamado César, decidió que aquello era poco y ofreció un galpón de su finca para guardar fardos a la espera de moverlos. Le pagarían más, mucho más. La casa de Isolina estaba en una zona aislada difícil de encontrar, poco sospechosa: si César no iba por allí, y no iba mucho según su abuela, la única habitante era ella. Que era, por lo demás, la encargada de avisar a su nieto si algún día merodeaba algún desconocido o la propia Guardia Civil siguiendo pistas o confesiones de detenidos. Así que la señora Isolina («pídele perdón a mi abuela de mi parte, por meterla en esos líos, por irme de casa y no avisarla, pídele perdón, por favor», le insistía a Valen) era una involuntaria pieza más del engranaje narco de las Rías Baixas. Algún día habría que hablar de la cantidad de señoras mayores, madres o abuelas, que por amor a sus hijos o nietos han formado parte, con sus mandilones estampados, sus rulos y sus sartenes llenas de aceite, pelando patatas como psicópatas, de una mafia criminal implantada en todo el mundo que mueve miles de millones al año. Y cómo muchas de esas madres o abuelas saben mejor que muchos policías, que casi todos los policías, los puntos de venta de la mejor heroína para comprársela a sus hijos enfermos con el mono en sus camas; cómo incluso regatean, cómo incluso amenazan si no les llega el dinero porque su corazón devastado y roto y herido bombea más adrenalina con sus hijos atados a la cama que cualquier delincuente acorralado; y cómo los camellos callan y acceden, porque son hijos y sus madres algún día podrán estar igual; estarán, de hecho, igual.

Algo pasó, algo que no quedaba claro en la carta pero que era la segunda vez que ocurría (la primera debió de ser aquella en la que casi lo matan), y por lo que César corría peligro. Se dejó convencer por Valen a su pesar, o eso deduje por la amargura que había en sus palabras hacia ella; se dejó convencer por respeto a ella, «porque es lo que haría si me lo aconsejase mi hermana: obedecer y no preguntar», y Valen le consiguió la documentación falsificada y se fue con él en un trolebús a Marín a coger el barco. Era una marea larga, de seis meses. Después ya verían qué hacer; por aquel entonces lo buscaban en todas partes. Valen lo despidió en el puerto. Se quedó allí viéndolo alejarse mar adentro. No se produjo ni un temblor de agua mientras el barco se iba, ni una onda a su alrededor, y solo cuando empezó a coger velocidad se formó un circulito simpático de espuma, y lo último que vio Valen entre los destellos de sol fue uno más, un puntito blanco y lejano que terminó perdiéndose en el horizonte de un mar pacífico que apenas sintió la presencia de aquel enorme pesquero y la acompañó hasta donde no pudo hacerlo nadie, ni siquiera con la mirada.

«¿Sigues viendo gente?», le preguntaba César en la carta, y en ese «gente» adiviné a qué se refería exactamente, y ahí sí sentí celos. En ese último sobre adjuntaba una foto que hicieron los marineros en Marín y revelaron en Castletownbere, y en la que salía la tripulación antes de embarcar. César está en una esquina y sonríe, y a su lado hay dos hombres, y un poco más allá un tercero, un viejo también sonriendo, de pinta peculiar, con un pitillo en la boca, un hombre afable y sentido, de esos que la comunidad adopta como uno de sus «raros», una extravagancia social asumible y simpática, al que sin duda en su aldea llamaban, porque yo lo conocía, General Martínez.

Cogí un avión al día siguiente y me planté en Lagarei. No había nadie en la casa, supongo que la vieja, aquella señora Isolina, estaba cogiendo agua en la fuente; agua para montar un regadío, como todas. Metí las cartas debajo de la puerta, una a una. Aquella mujer merecía morir en paz. Todos merecemos morir en paz. Para no entretener a los que quedan.

13

Había algo estúpido en ser escritor de obituarios de gente que aún no había muerto, pero también había algo estúpido en mi día a día. Ella veía muertos después de la muerte, yo los veía antes. Leía muchos periódicos; cualquier persona con una vida interesante detrás y una edad o salud sospechosa era susceptible de que le escribiese una necrológica. Quizá lo más divertido del trabajo no solo era manipular a tu antojo la vida de alguien al que tienes delante sabiendo que nunca podrá leer lo que escribiste de él, ni jamás sabrá qué hiciste con la información que te dio —cómo la trataste, qué destacaste, cuál fue el titular—, sino lo que yo llamaba el «casting», el proceso de selección de candidatos a morir. Me movía por admiración (deseaba escribir de alguien del que escuchaba todos sus discos o leía todos sus libros), por rencor (deseaba matar a alguien), por oportunismo (quería escribir de la Nazarena porque vivía en Málaga, y allí rodaba Valentina y podría verla), incluso a veces por profesionalidad. La muerte de alguien a quien había tenido la idea de matar antes me llenaba de felicidad. Estaba contento con aquel trabajo y me gustaba pensar que el periódico también, ya no solo por lo bien o lo mal que lo hiciese, sino porque tenían a la primera figura en España dedicada en exclusiva a escribir obituarios. Y algo aún más valioso: el primer periodista español al que ya no le interesaba en absoluto escribir una novela.

Me ponía delante del ordenador entre las cinco y las seis de la mañana, siempre sin alarma, porque desde hacía cinco años había algo que me oprimía el pecho y el estómago y no me dejaba dormir casi nunca los días buenos; los malos, directamente no dormía. Era la ansiedad, una compañía triste y salvaje. Nada más abrir los ojos, cogía el móvil, que ya tenía sobre la cama, y entraba en la conversación de WhatsApp de Valen para saber si estaba o no en línea, y si lo estaba, para imaginar con quién podría estar hablando a esas horas (sentir de nuevo la punzada caliente en la boca del estómago, tan familiar). Después entraba en los perfiles de sus redes sociales —Instagram, Facebook y Twitter—, aunque la última la tenía semiabandonada. Si había actualizado algo, leía las respuestas y el nombre de sus autores, y entraba en sus perfiles. Hacía lo mismo con los likes, a menudo cientos (un día muy bueno llegué a revisar dos mil). Entraba después en varios perfiles, no más de cincuenta, de chicas y chicos que conocíamos los dos o conocía ella, o de chicas y chicos que había detectado que en los últimos días habían empezado a dar likes a sus fotos o le comentaban demasiado, con especial atención a actores, productores y directores, por coincidir más con ellos.

Con los nombres nuevos me iba a Google a buscar más para saber cómo eran físicamente, si estaban en la misma ciudad, si habían estudiado con ella en la universidad (me enteraba a través de LinkedIn), si compartían aficiones, grupos de música, equipos de fútbol, lo que fuese. Qué amigos comunes tenían, y esos amigos comunes qué amigos comunes tenían con otros amigos comunes, y a quiénes seguían y a quiénes daban más likes, y quiénes les daban más likes a ellos. Si tenían sus redes cerradas, pedía entrar con un perfil falso y, desde dentro, podía controlar también los likes que recibían y sus reacciones.

Me fijaba siempre en los lugares en los que ella se hacía las fotos por si podía identificar algo reconocible que encontrase en la imagen de otra persona; a veces bastaba un patrón de decoración, una vegetación parecida, el mismo clima. Consultaba sus stories y las stories de sus amigos y amigas, o las stories de la gente que, por su perfil, podría haberse cruzado de noche con ella y quizá colgado una foto en la que saliese ella, aunque fuese de fondo. Repasaba después las stories de no menos de doce bares de Madrid con la misma intención, o bares y restaurantes y discotecas de referencia de las ciudades en las que rodaba. Escrutaba los comentarios, los likes a los comentarios; los amigos comunes de los nuevos seguidos, o los nuevos seguidores y sus actividades. Me fijaba en los comentarios, los cruzaba con otros en distintos posts de gente afín o recién seguida.

Ponía su nombre en Google y buscaba las últimas noticias sobre ella, su nombre en blogs o foros. Si se anunciaba un rodaje en alguna parte, si su nombre sonaba para alguna serie o película, quién daba la noticia y por qué lo sabía. Qué música ponía en sus stories y si la canción también la usaba otra persona (buscaba entre las de sus seguidos), y qué podía significar aquello, y por qué seguía a alguien nuevo en Spotify, qué listas tenía esa persona, y cuál era su perfil de Instagram y si usaba alguna canción de las listas de Valen en sus stories. ¿Por qué eligió esos quince segundos de canción, qué significaba la letra, a quién podía dirigirse?

Revisaba cada día su lista de seguidos en las tres redes, por si había alguien nuevo, y si lo había, lo buscaba todo de él o de ella. Y por cada follower nuevo que detectaba (Instagram los desordenaba, pero solía ser fácil si entraban pocos, y como yo me metía cada dos o tres minutos podía verlos a la perfección), comprobaba si ella le devolvía el follow; en ese caso, casi seguro que estaban juntos en aquel momento o acababan de estarlo, o de presentarse, o habían coincidido en algún lugar, así que visitaba a los amigos comunes de ese nuevo follow, y veía las stories de todos para saberlo.

Dedicaba tiempo a los perfiles de sus posibles novios o nuevos amigos, o nuevas amigas (si alguien había ido a un concierto la noche anterior, entraba en el perfil del local para buscar información —si ella lo seguía, si el local la seguía ella, si había stories del concierto—, luego veía a los amigos comunes de esa persona para comprobar si alguno había ido también y si había fotos, también en los perfiles de los miembros de la banda).

Cuando salía por la noche (era fácil saberlo si accedía por internet a la oferta cultural de la ciudad en la que estuviese, muchas veces Madrid, pues conocía sus gustos), me quedaba sin dormir viendo si alguien le hacía follow y ella se lo devolvía al instante o por la mañana, y eso me servía para averiguar a qué hora se despertaba. De igual modo, al seguir minuciosamente cientos de cuentas que compartíamos, podía saber si estaba conectada —si daba like— o a qué hora desconectaba (cuando empezaba a beber jamás cogía el móvil).

Apuntaba, según sus stories, la ropa nueva que le veía, la ropa vieja que ya usaba conmigo y que seguía usando, y me especialicé en muebles, colores, materiales y hasta ángulos de la luz del sol para tratar de escudriñar dónde se hacía las fotos, qué piso era y si se repetía mucho (si el parquet era el mismo, los acabados, una cierta estética).

Sí, miraba el móvil de forma compulsiva, actualizando cada diez segundos la información sobre o de Valentina Barreiro. Sin internet, hubiera sufrido menos. A veces encontraba el sentido a un mensaje antiguo suyo, o al azar veía un like inesperado de ella en alguien que no tenía controlado o controlada, y decidía encender un cigarro y dedicarme a meditar sobre ese asunto, como si hubiese llegado un paquete de Amazon: la misma emoción violenta, una expectación enferma. Cuando sospechaba que la podía abrumar revisando sus stories y que ella viese que lo hacía, me iba al portátil, entraba en Instagram con el navegador y, desde allí, podía verlas pinchando en la anterior o posterior; si escribía algo allí, cogía el móvil, encendía la cámara y ampliaba hasta poder leerlo.

Sé que daba miedo. Sé que cualquiera, viendo mi historial web y entrando en mi cabeza para saber quién la ocupaba las veinticuatro horas del día, podría haber pensado que iba a matarla y suicidarme después para acabar con eso, porque me ajustaba al perfil de un asesino de mujeres. Pero no quería que acabase, porque ya no concebía una forma de ser feliz que no fuese vivir para ella. También dentro de las obsesiones se puede vivir: el sobresalto alegre, el chorreo de dopamina, oxitocina o serotonina cuando se publicaba una noticia o una entrevista suya; cuando alguien la citaba —tenía su nombre en las alertas de Google—; cuando salía en televisión; cuando alguien la nombraba o la citaba en Twitter o en Facebook; cuando publicaba una foto nueva en su feed o subía una story en Instagram.

Aquella espiral de locura eran las fauces del cocodrilo abiertas, con sus colmillos afilados, y yo era un pajarito pluvial comiendo los restos que tenía en la boca y limpiándole los dientes, dejándoselos blancos, perfectos, sin miedo a que se lo comiesen. Jamás le haría daño a Valentina Barreiro. Nunca dejaría que le hiciesen daño.

Cuando terminaba el proceso, me levantaba de la cama y me preparaba una tortilla francesa con dos huevos (Valen siempre la quería con tres), pan con aceite y zumo de naranja natural. La cocina era enorme, la había elegido ella. Bueno, todo lo eligió ella, también a mí. Después intentaba trabajar un poco leyendo periódicos y revistas, o buscando en Google a gente interesante de la que poder ocuparme para publicar en el periódico, el día de su muerte, el mejor obituario. Había crecido como escritor. Me había ayudado la desintoxicación, los buenos hábitos de vida, incluso los buenos hábitos de alimentación; me notaba ligero, en forma, y eso se traducía en una escritura sin tantos adjetivos, sin tantas frases de relleno por culpa de las calorías vacías, sin tantas subordinadas propias de una dieta rica en carbohidratos, sin metáforas espantosas, que era lo que me salía cuando abusaba de los filetes empanados. Al final resultó que no tenía el talento que se me prometió al principio, en los años de universidad, pero sí algo de lo que estar discretamente orgulloso.

No conseguía trabajar mucho tiempo seguido, apenas dos o tres minutos, sin revisar de nuevo las redes y el WhatsApp de Valen, o me entretenía leyendo nuestras conversaciones desde 2011, que era hasta donde llegaba nuestro historial. Leer nuestros diálogos a lo largo del tiempo era como revivir la relación dando cuenta de todos los detalles, porque recordaba dónde estaba en cada discusión, en cada declaración de amor, en cada reproche, en cada disculpa, cada vez que teníamos sexo telefónico o rajábamos de gente o la poníamos por los cielos. Veía la galería de imágenes. Recorría los lugares por los que paseábamos en nuestras largas caminatas y recordaba qué nos decíamos en cada sitio: el estanque del Retiro, las pequeñas cascadas del parque del Oeste, el templo de Debod, Madrid Río. Muchas veces, cuando volvía solo por todos esos lugares imaginando cómo sería de seguir con ella, pensaba en una frase que Scott Fitzgerald escribió a su mujer, Zelda: «recuerdo una tarde en la que todo era horrible menos nosotros dos». Valen había apuntado otra frase, esta de los diarios de Sylvia Plath, y la clavó en el corcho de su estudio, donde memorizaba los guiones: «he experimentado el amor, el dolor, la locura; y si no consigo darles un significado, ninguna nueva experiencia me ayudará».

De alguna manera, me gustaba pensar que yo seguía siendo su ángel de la guarda, como me bautizó cuando llegamos a Madrid, su carrera empezó a despegar y comencé a ocuparme de sus asuntos. La seguía queriendo, protegiendo y cuidando incluso a distancia, me interesaba saber con quién se veía o con quién estaba saliendo, pero no por celos o por control —o de eso me quería convencer—, sino para asegurarme de que nadie le haría daño, para tener la certeza de que no sufriría, de que estaría siempre en buenas manos y de que nada interferiría en su carrera artística, en su felicidad; de que nadie averiguaría nunca su secreto, que era también el mío y que compartíamos hasta el punto de que en nuestra casa siempre teníamos la compañía de alguien, una presencia a la que sentíamos de vez en cuando de las formas menos originales (cajones cerrados que amanecían abiertos, cosas cambiadas de sitio). Todas ellas podrían explicarse por fallos de mi memoria, aunque tengo claro que no eran tales, pero incluso yo dudaba.

No eran ya días tristes ni oscuros, como lo fueron al principio de la ruptura, sino días perfectos como asesinatos sin culpables. Ya no hablaba con nadie. Sabía de mis antiguos amigos de Madrid por sus redes sociales o, de los más afortunados, por los diarios e incluso por los programas del corazón. No había envidia porque, en realidad, lo que envidiaba era mi vida anterior, mi vida con Valen, y me hubiera dado igual ser el transportista de sus maletas y de las de sus amantes. Hubiera querido saber de ella mucho más cerca, estar a su lado en la distancia y sin que me viese, sin necesidad de vivir con ella a través de internet rellenando con mi imaginación los huecos que dejaban las redes o las revistas.

Esos días eran tan exactos entre ellos que ya apenas los distinguía, sentado en un tren que crees que arranca porque se mueve el de al lado. Era el mundo el que se movía, no yo; los pájaros pensaban que volaban, pero era el cielo, que caía.

El día que volví a casa y ya no estaba Valen —y vi sus cajones vacíos, sus armarios vacíos, las estanterías de sus libros vacías, los muebles del baño vacíos de sus productos y las paredes vacías de sus cuadros, y la casa no olía a nada, tampoco a ella—, me senté en el salón y lloré encima de todas mis heridas, que eran las de ella. Se había ido, y supe que era para siempre, porque hay gente que cuando apaga la luz no recuerda nunca dónde está el interruptor para encenderla de nuevo, quizá porque lo ha quemado. Tuve ante mí todos los sueños que íbamos a cumplir juntos y empecé a reunirlos en el suelo como si fuera un puzle, armando un futuro de mentira. Tuve ante mí nuestra última conversación: «¿me quieres más que a tu vida?», y su mirada alucinada, los ojos abiertos, tratando de no llorar y finalmente llorando, y el estrépito de las cosas cayendo a nuestro alrededor, y oía al final de todo, una y otra vez, el único ruido que se escucharía para siempre en esa casa: el de una puerta cerrándose y unos pasos bajando las escaleras a toda prisa, no recuerdo si míos o de ella. Ni siquiera podía encontrar la belleza absoluta que solo aparece al fondo del terror, cuando ya todo da igual y lo que os pase os va a pasar a los dos al mismo tiempo, y nunca más se quedará ninguno solo, es decir, sin el otro. Porque no fue así.

14

El viaje después de Nochevieja que quería regalarme Valen lo hice, pero un fin de semana y por mi cuenta: a Lisboa y con una amiga suya. Louise era una amiga de Valen que había conocido meses atrás; una productora de cine guapa y depredadora que casi me doblaba la edad. Nos pasábamos todo el rato en la cama (yo era una suerte de juguete roto para ella) y me proporcionaba lujos estúpidos, que yo valoraba para sacarme la droga de la cabeza. Le dije a Valen que prefería no hacer el viaje con ella y quedarme en Galicia con mi familia. Le mentí. Estaba resentido, pero no sabía con quién y por qué. Valen se fue a Madrid y pasó esos días sola, según me reprochó. Para entonces apenas hablábamos por teléfono, siempre por WhatsApp, y yo había prohibido la videollamada por una cuestión de confianza: «parece que buscamos controlarnos».

Pero una tarde, durante el fin de semana, sí marcó mi número porque no encontraba los papeles del seguro de la casa. Mi móvil se debió de quedar sin cobertura, porque le saltó el buzón de voz de una compañía telefónica portuguesa. No me enteré de que había llamado. «¿Dónde estás?», me preguntó cuando logró ponerse en contacto conmigo. «En casa de mis padres, en Pontevedra». Expresó sus dudas, pero no mucho, porque para entonces la había convencido de que sus celos rayaban en lo psicótico, y todo lo que tenía que ver con lo psicótico la asustaba hasta paralizarla. Pero volvió a llamar a los quince minutos, si bien con dudas. «Le doy vueltas —dijo casi pidiéndome perdón—, y no me cabe en la cabeza que estés en Pontevedra y me salte una compañía portuguesa para decirme que el móvil está apagado o fuera de cobertura».

Le expliqué, con la condescendencia del culpable, que el día anterior había viajado a la frontera a tomar algo con unos amigos. La frase delataba el estado de nuestra relación, pero eso yo no lo sabía, y ella ya se había empezado a dar cuenta; no solo era mi desprecio por ella, sino el desprecio intelectual: tratarla como si fuera idiota, y no solo eso, sino que se lo creyese. Que yo cogiese a algunos amigos (que ya no me quedaban porque no me querían ver) y me los llevase a ciento cincuenta kilómetros para tomar unos vinos era imposible de creer, pero posible de hacer; la vida de ella era un lugar en el que se producían cosas imposibles de creer e imposibles de hacer.

Con eso jugaba yo. Con sus dudas. Valen no me creía y me creía al mismo tiempo: sabía que era imposible, pero ¿no era más imposible ver fantasmas y sucedía todo el rato?

Me dijo que, al marcar mi número, había un silencio y un pitido lejano, «como cuando llamas al extranjero». Me pidió por favor, humillándose, si podía hacerle una videollamada o una foto del lugar en el que estaba. «Sé que es ridículo, sé que me estoy arrastrando, pero hazlo y no te vuelvo a preguntar nada más en mi vida». Le colgué el móvil indignado, harto de tanto control y tantos celos obsesivos, y seguí disfrutando del día con Louise sin volver a coger el teléfono ni devolver los wasaps. Pero pasó algo: esa tarde, ella entró en bucle. Se abrió bajo sus pies un foso y se metió dentro sin hacer pie. En una vida llena de inseguridades tan terribles sobre lo que ves y lo que dejas de ver, sobre lo que los demás pueden pensar de ti o no; en una vida que, al fin y al cabo, y pese al éxito aparente, se construía sobre el suelo roto de no saber si estaba bien de la cabeza o no, cualquier cosa podía hacerla estallar. Aquello lo consiguió.

Era fácil imaginarla en su sillón de pelo, junto a la ventana, encendiendo un cigarro tras otro hasta volverse loca. Pero ¿y si estaba loca desde niña? Y vuelta a fumar y a pensar, a pensar, a pensar. Era fácil imaginarla buscando en internet la distancia entre Oporto, Figueira da Foz, Lisboa, Comporta o Viana do Bolo y Pontevedra, y lo que tardaríamos su amiga y yo en cruzar la frontera tras ser descubiertos y que se habilitase el buzón español; era fácil imaginarla llamando a alguien que trabajase en Movistar, su compañía telefónica y la mía, para preguntarle si era posible lo que acababa de pasar; era fácil imaginarla estrujándose la cabeza pensando en algunas de las amigas o conocidas (amigas conocidas, más bien; gente guapa de su círculo que me presentaba y a las que les gustaban tanto las drogas como a mí, lo que facilitaba la intimidad —«vamos al baño juntos», «vente a mi casa, que tengo un gramo» o «encerrémonos en esta habitación de la fiesta y, si llaman, tenemos excusa: nos estábamos metiendo, pasó el tiempo volando»—) con las que podría haberme hecho un viaje romántico. Era fácil imaginarla consumiéndose sin poder dormir ni comer, como una madre durante el secuestro de su hijo.

Me llamó una, dos y tres veces, supongo que animada por el ruidito lejano que delataba la llamada al extranjero. Me envió tres o cuatro wasaps furiosos. Lo paradójico —y esto lo supe después, cuando ya la había perdido— es que no era celosa. No a ese nivel. Solo lo era, mucho, con la gente de nuestro entorno, con la gente con la que salíamos y bebíamos, con la gente que llevábamos a casa a cenar o a comer o de *after*; gente, por lo general, de su círculo. Lo era, muchísimo, cuando se le plantaba delante la realidad, o sea, cuando mi coqueteo con esa gente era evidente o nuestras escapadas, a donde fuese, más largas y escandalosas. La mataba perderme y a mí me mataba perderla a ella, creo que porque en el fondo ya nos habíamos perdido, y nos dedicamos a sabotearnos, cada uno con sus debilidades: la mía, las mujeres de su círculo más cercano; la de ella, su desatención por mí, la ausencia final de amor y de sexo, la falta de cuidados y sus secretos, que cada vez se me hacían más grandes y cada vez me interpelaban más.

Después de una llamada más, decidí enviarle un audio mientras volvíamos a toda velocidad, efectivamente, a Galicia, para seguir nuestra noche en un lugar en el que no nos traicionase el buzón de voz. Había sido una torpeza salir de España, pero en Portugal podíamos agarrarnos, besarnos, pasear por las calles, actuar como una pareja: eso nos ponía el doble, era otra vida, un desdoblamiento absoluto de nuestra rutina y más con nuestra edad, ella cincuenta y cinco, yo treinta y ocho. Louise conducía. «Beibi —dije en el audio; lo he escuchado desde entonces casi cada día—, estoy con mi madre, nos vamos a meter en el cine a ver una película. Por favor, deja de llamarme y de escribirme, mi madre está asustada con tu actitud, la tengo a mi lado alucinada, esto no es ni medio normal. Te conté lo que pasó: ayer fuimos a la Raia a tomar unos vinos, no me iba internet y un colega manejó el móvil y lo enlazó a una compañía portuguesa; ahí se quedó colgado hasta que me avisaste ahora, estoy tratando de arreglarlo» —mentí mientras esperaba entrar en España y que se arreglase solo. Lo hizo al cabo de veinte minutos—. «¿Te sigue sonando igual al llamarme? Creo que he conseguido arreglarlo». «Sí, ya suena bien —respondió dulce y apaciguada—, pero es que esto es rarísimo, de verdad. ¿Hablamos cuando salgas del cine?». Y respondí una crueldad de la que me arrepentí a mitad de la frase: «vas a decirme tú lo que es rarísimo».

Lo que pasó después supongo que fue lo que tenía que pasar, porque ya había forzado suficiente su cabeza al decir que estaba con mi madre y que iba a ir con ella al cine, cuando la última vez que hice un plan con mi madre a solas fuera de casa fue cuando tenía ocho años y la acompañé de compras. Valen, sola en nuestra casa de Madrid, con la ansiedad merodeándola, colgó una story de la luna en Instagram y se dedicó frenéticamente a ver quién veía esa story; sentía algo dentro de su cuerpo, algo viscoso y destructivo, la intuición asombrosa que nos posee antes de un gran desastre natural.

No tuvo que esperar más de una hora: mi madre vio esa story. ¿Cómo, si estaba en una sala de cine? Valen fue a la cartelera. Vio la duración de las películas, calculó cuál empezaba cuando apagué el teléfono, calculó el tiempo que tardaría yo en salir del cine y encender el móvil; como no lo encendí cuando se suponía, aventuró que quizá hubiese ido a ver otra película más tarde y hubiera apagado antes el teléfono por cansancio o por no aguantarla. Calculó e hizo hipótesis de todo —«después del cine quizá se lio de copas y no encendió el móvil, ¿pero alguna vez había apagado el teléfono en su vida, si hasta en la playa lo impermeabilizaba para bucear con él?»—; le dio todas las vueltas posibles a la cabeza para tratar de no estar en lo cierto, para evitar tener razón, para darme una coartada, por pequeña que fuera, y poder pedir perdón y que no fuese verdad que yo estaba con una amiga suya, quién sabía cuál (vería el estado de WhatsApp de las más íntimas, comprobaría si estaban en línea, las llamaría por estupideces para saber si le cogían el teléfono y, si así fuera, calibraría el tono de voz, escucharía el ruido ambiente), quién sabía dónde. La idea de imaginarme follando con alguien, dando salida a una pulsión sexual, a un deseo inabarcable, no le fastidiaba (eso lo habíamos hecho los dos, estábamos seguros de que era así, e incluso con alguien conocido podía justificarse por un momento de locura o borrachera), sino que le destruía verme sobrio, recién duchado, yéndome de fin de semana con otra mujer, como una pareja de recién casados (que es lo que es siempre una pareja de amantes), haciéndonos arrumacos, acariciándonos la mano, besándonos no con pasión, con lengua, sino con picos casi rutinarios pero constantes, besos de pareja que empieza o disfruta o es feliz cuando se reúne; eso la estaba destrozando y la estaba partiendo en mil pedazos y la estaba dejando sin aire y sin cerebro, completamente calcinado hasta el punto de no fiarse de él, de no fiarse de sí misma una vez más. De pronto, su pensamiento estaba centrado en esas escenas, segundo a segundo, y se dio cuenta de algo gravísimo: necesitaba la verdad, solo la verdad. La ansiedad en el pecho, el corazón latiendo de un lado a otro, ganas de vomitar. Necesitaba la verdad para seguir viviendo, porque estaba claro que aquello era morir. Porque quien hace eso, ¿cuántas veces lo ha hecho antes?, ¿con cuántas mujeres, quizá hasta amigas suyas? Repasó wasaps conmigo, repasó mis redes sociales —likes frecuentes, nuevos contactos, ¿quién me daba like a mí?— y las de unas cuantas mujeres elegidas al azar.

Fumó sin parar, ella, que lo estaba dejando. Apagó y encendió el teléfono unas doscientas veces, dejó el móvil encendido sobre la mesilla unas quinientas, prometiéndose no cogerlo más, entró en todas las redes sociales cada siete segundos, actualizándolas hasta que Instagram se lo prohibió por temor a que se tratase de un *bot*. Perdió la cuenta de las veces que intentó dormirse y se levantó de la cama para encender un cigarro, perdió la cuenta de las veces que me llamó y mi teléfono estaba apagado. Acabó haciendo bicicleta estática tres horas, tres horas seguidas, empapada, mientras escuchaba música, pero en el primer acorde perdía el hilo y se pasaba minutos y más minutos pensando en otra cosa, pensando en «la» cosa, y la canción, la que fuese, sonaba en bucle, justo como su cerebro. Había entrado en brote. Lo supo porque le había ocurrido un año antes, cuando sospechó que me estaba acostando con Ruth García Currás. Entonces yo se lo negué de forma contundente —«Ruth intenta salvar nuestra relación, nos admira como pareja»—, y Ruth, después de que Valen le preguntase directamente y ella se lo negase, le pegó dos bofetaditas de «tú estás loca», y solo cuando se las dio, Valen se quedó tranquila. Creyó que se había vuelto loca —éramos inseparables los tres, ¿cómo se había atrevido a dudar?, ¿no pueden ser íntimos un hombre y una mujer, dormir uno en casa del otro, hacer planes, verse a escondidas porque quizá se cuenten cosas que nadie más debe saber?— y empezó a pedirnos perdón, a pedir perdón llorando, y a tratar de invitar a cenar a Ruth a toda costa para pedirle perdón a solas, para hacerla ver que había entrado en bucle, en brote, que su cabeza se había marchado presa de unos celos imposibles porque soportaba la idea de que Ruth y yo follásemos —«quién sabe, esas cosas ocurren, lo entendería»—, pero no de que nos enamorásemos y la dejásemos atrás, de que se quedase sin mí. Ruth esquivó la cena del perdón y yo tardé unas semanas en perdonar a Valen su tremenda escena mientras seguía quedando con Ruth, pues se suponía que éramos amigos, aunque ya hubiésemos cruzado esa frontera, y ahí estaba el detalle diabólico de la infidelidad con nuestras amistades: no se sospecha, y si se hace, pones a la víctima en el dilema absurdo, viciado y obsceno de humillarse y preguntar, quedando como una loca, o de humillarse y dejarlo correr, quedando como una estúpida.

Valentina Barreiro tampoco pudo dormir la noche que me descubrió fuera de España, aquellos primeros días de 2018, y por la mañana seguía en bucle, esperando a que mi teléfono se encendiese. No lo hizo en todo el día, pues aproveché para disfrutar de Louise. Y cuando lo encendí me sobresaltaron sus mensajes, sus miles de llamadas, su control absurdo y patológico. En uno de ellos, me dejaba «para siempre, ya está bien». Esperé veinticuatro horas antes de responder, abrumado por la situación. «No me he ido de fin de semana con nadie —le escribí—. Pero viendo la desconfianza me parece razonable que lo dejemos. El problema es precisamente el contrario: que la protagonista de todo eres siempre tú. Te preocupa más no perderme que ganarme. Te dije que estaba en el cine porque no quería hablar contigo. Y no quería una de estas discusiones eternas por mensaje. Estaba con mi madre, y estuvimos hablando de todo esto. Me dijo que era mejor que desconectase y que me tranquilizase. Y que hablase las cosas cuando estuviese más calmado. Esto no es sano. No es normal que tenga que darte explicaciones de todo lo que hago a cada segundo, que me controles así, y que desconfíes de esta manera».

Me respondió, y en su respuesta pude sentir el miedo a perderme, y las ganas que tenía de creerse cualquier cosa antes de imaginarme en una situación así con otra; la desesperación por sospecharse en un error y no tenerlo claro; la agonía de que, quizá, fuese ella la que estuviese destruyendo la relación. Y hacer todo lo que estuviera en su mano por justificar mi pecado, de haberlo. Su mensaje lo he leído cada día.

Repaso una y otra vez lo sucedido y te digo: perdón, perdón por todo. No tengo derecho a reaccionar como lo hice. Es cosa tuya, es tu vida. Incluso si has mentido, fue obligado por mi interrogatorio, y también te pido perdón; si yo estuviese haciendo algo que no quisiera que supieses, mentiría y mentiría antes de pasar el trago de decir la verdad. Yo no puedo más, y tú tampoco, por mi culpa. Solo te pido que si alguno de los dos se enamora, si alguno de los dos prefiere salir con otra persona, si alguno de los dos siente que con otra persona es más feliz, por favor, digámoslo. Por mucho que duela, por muy difícil que sea: la tortura de sospechar con pruebas y masacrarte pensando es mucho peor. Lo siento de corazón. Quiero estar bien, quiero que estemos bien, quiero ser feliz y concentrarme en ello. No quiero esta reacción ni un segundo más. No me reconozco. Te quiero.

La posibilidad de romper le arruinaba la vida. Tanto, que no reparaba en sus propias miserias: mi soledad; la falta obstinada de sexo conmigo; su nula admiración por mí; su desapego; su trato hacia mí, que había degenerado hasta convertirme en una especie de secretario; por supuesto, sus propios deslices con la gente con la que trabajaba. Se había marchado ya, hacía muchos años, y aquello me había sumergido en una inseguridad que paliaba traicionándola en lo más hondo, lo más cercano.

Valen ya había sospechado otras veces antes de mi viaje a Portugal: en todas tenía razón, pero aún no lo sabía. Vivía una vida tranquila alterada por obsesiones muy puntuales que descartaba convencida por mí; vivía, así, una vida mejor. Cuando despedí a Louise y cogí el avión a Madrid, Valen me esperaba siguiendo la ruta en directo por la aplicación Flight Radar: cincuenta y cinco minutos observando cómo un avión se movía por el mapa de España hasta llegar a Barajas. Cuando lo hizo, se esforzó por ver la zona en la que había aterrizado para calcular el tiempo que tardaría en salir del avión y coger un taxi, y consultó en internet el estado del tráfico. ¿Por qué hizo todo eso? Por algo bellísimo, la mayor demostración de amor por mí que haya visto nunca.

Me esperó en nuestra casa de Madrid. Había estado colocando unos libros en la parte alta de la estantería, y mientras dejaba uno vio su reflejo en el cristal de una de las puertas del salón: alta, con el pelo desmadejado y cobrizo y bellísimo, la camiseta blanca por encima del ombligo al estar estirando el brazo, los pies descalzos de puntillas, los pantalones pirata negros. Se vio guapa, el momento de su vida en el que más guapa se había visto, irresistible, colocando un libro, de puntillas en una silla, trabajando en la casa y con un atractivo salvaje, de actriz de éxito domesticada y complaciente. Se dijo —se lo contó luego a Ruth entre lágrimas, antes de saber que Ruth también se había estado enamorando de mí— que si yo la encontraba así justo al entrar por la puerta de casa sería imposible que no perdonase su tremenda escena de celos, que no quisiese volver con ella, y quizá al verla, admirado, a ella se le caería un libro por los nervios, y habría que ver cuál era y qué nos había querido decir, y cuando pasase a su lado le agarraría el tobillo y la arrastraría hasta la alfombra, y me pondría encima de ella y le mordería el cuello hasta hacerle daño, y ella gritaría de placer hasta correrse, porque puede correrse —o se corre más rápido—, sin penetración, de igual modo que se engancha a la gente y la quiere con más intensidad cuando le produce dolor; y quiere mucho, pero con menos interés, a aquella que solo quiere darle placer.

Cuando calculó que el taxi que me traía ya habría llegado a nuestra calle, se subió a la silla para colocar el libro, de puntillas, esperando durante minutos a que yo entrase por la puerta de casa. Pero mi taxi se retrasaba y ella no podía aguantar la postura mucho tiempo, así que de vez en cuando se sentaba en el sofá a descansar y luego volvía a la carga. Finalmente lo dejó para cuando oyese el ascensor; cada vez que alguien lo llamaba, corría a subirse a la silla y a estirar el brazo con la novela en la mano. Todo tenía que parecer casual, pero en su cabeza habría transcurrido una y otra vez.

Al final llegué. Cierto, nunca la vi tan guapa como en aquel momento, quizá porque toda ella imploraba algo que ya no podía conseguir: que el pasado no hubiese tenido lugar, que aquella mentira no lo fuese. La miré cansado y agitado por dentro, y le dije que tendríamos que revisar nuestra relación y su actitud de aquellos días. Que debería volver al psiquiatra . Que estaba muy afectado. Una cosa eran nuestras infidelidades puntuales con desconocidos, por sexo o por salirse un poco de la rutina, y otra que ella sospechase que yo tenía amantes dentro de nuestro círculo, que estuviesen en nuestra vida, en nuestro comedor, en nuestra cama. No eran fantasmas. Era intolerable.

Se bajó despacio de la silla después de colocar el libro que llevaba una eternidad colocando, y me pidió perdón. Y después del perdón me pidió una oportunidad. Cuando lo supo todo y aún más, cuando supo que su sufrimiento era prolongado de una forma enfermiza, me dijo «hubiera sacrificado mi cordura por ti».

Cuando por fin discutimos en casa aquel 27 de febrero de 2018, recordé el tiempo en que las playas y las ciudades eran nuestras y no había nada que no quisiésemos y no pudiésemos conseguir. Recordé su cara dormida a mi lado en la cama. Recordé que odiaba el salmón ahumado. Recordé que, si le preguntabas algo cuando veía una serie, tenía que pausarla y, al reanudarla, se iba treinta segundos atrás, como si al interrumpirla hubiese olvidado también el pasado inmediato. Recordé lo que fuimos y la luz que dábamos, y lo guapa que era cuando sufría por placer en el sexo y cuando sufría por amor en la tristeza.

No sé quién se fue primero de casa ni quién cerró la puerta, pero ese ruido, el ruido de la puerta cerrándose y los pasos a toda prisa bajando las escaleras, se me metió dentro, y no he dejado de oírlo nunca, ni siquiera cuando duermo.

15

No le dije a Valen que había leído las cartas de César y que de algún modo había descifrado su historia o parte de ella, incluso algunos de sus dibujos. Después de dejárselas a Isolina, volví a Madrid en BlaBlaCar para traerme la mochila con la droga que me había dado y que había dejado en un altillo del piso de mis padres hasta saber qué iba a hacer con ella.

Al llegar a nuestra casa, no había nadie. Escribí a Valen para saber dónde estaba y me respondió que en Barcelona, a donde se había ido sola a pasar unos días porque, dijo, necesitaba sol y distancia para superar lo que ella creía que era un brote de paranoia por los días que había estado con Louise. Seguía, pese a todo, dándole vueltas en la cabeza. Quería creer en algo que la realidad le desmentía, había pedido perdón por algo por lo que no sabía si debía pedirlo, y todo ello por un hombre del que no estaba segura si seguía enamorada. «No me conmueve nada», decía su mensaje.

Nada. No estoy triste, ni rabiosa. Es que nada me solivianta. Ni una cara, ni una historia, ni un rincón, ni una voz. Nada. Es como si mirara y sintiera desde algún lugar al que aún no he llegado. En este limbo, eso sí, no hay ni fantasmas. Ni de los creados ni de los aparecidos. Y eso me hace sentir muy sola. Y digo «muy» porque me gusta estar sola.

Pero sin ellos y sin mí, porque vete a saber dónde ando, no me encuentro. Y te quiero mucho, pero siento que no eres ni presencia ni fantasma, y temo que la vida, llegada a una edad y en este siglo, no pueda ser todo o nada y solo sea bruma.

La presa se había abierto, esta vez definitivamente. Pero mi pensamiento entonces también estaba en hacer dinero, hacerlo de una forma que me acercase a ella, aunque fuese para tener claro mi diagnóstico: envidia de su relevancia, ganas de que le fuese un poco mal, tampoco mucho, para yo poder estar a su altura sin hacer grandes esfuerzos; dinero para tener su libertad y talento, para que los demás disfrutasen con él como disfrutaban del de ella. Ya no era amor, por más que yo creyese que sí: era dependencia y obsesión, y, por encima de cualquier cosa, posesión; o sea, violencia. Su talento, su belleza y su dinero eran míos, por tanto, yo podía arrogarme esas virtudes. Y para jugar a estar incluso por encima, le hacía todo el daño que podía: no uno para que sufriera, sino para que sospechase: el peor daño de todos.

Hacer dinero, y mucho de golpe, implicaba colocar la mercancía de hace más de veinte años que la señora Isolina me había señalado, cansada, en un galpón de aquella finca en Lagarei. Tenía al hombre, pero me faltaba la idea.

La única relación convencional que aún mantenía era con Chumbi, mi amigo más antiguo y quien me había presentado a Valen en La Madrila. Venía por casa cada dos o tres semanas y nos poníamos al día hablando de la gente de la pandilla de Pontevedra, qué había sido de sus vidas, y un poco de Valen:

lo bien que le iba y lo orgullosos que habrían estado sus padres de haberla visto en series y películas. Ya no me visitaba por amistad, aunque él creyese que sí. Fue mi amigo más querido y el que me aguantó hasta que no pudo más. Pero en ese momento Chumbi, un hombre bajo y moreno de ojos claros, de esos que tienen el labio inferior más adelantado que el superior, la mandíbula siempre en víspera de la violencia, hacía negocios conmigo. Él llevaba años traficando con droga. Y cada dos o tres semanas me dejaba en casa treinta gramos de cocaína; al venir, se aseguraba de que yo estaba limpio y de paso se llevaba el dinero que le correspondía. Tenía dos coches caros, una casa en Majadahonda y un ridículo pelo implantado al que nadie hacía referencia, porque, ¿qué le vas a decir al tío que te está vendiendo la droga, y podría regalártela si está de buen humor? Chumbi había terminado en un círculo de consumidores aduladores, gente de profesiones guais que lo trataban con respeto y admiración por lo que tenía, no por lo que era: si a esa gente le ponías a un cactus repartiendo cocaína, encontraría la manera de chupársela sin hacerse daño. Yo los conocía bien porque los traté en Madrid, y conocía bien a Chumbi porque tuve mi propio Chumbi cuando era joven y algo rico.

De todos los amigos de la pandilla del instituto, a él le fueron mejor las cosas. Hasta ese día, al menos. Yo le pasaba medios gramos y gramos a chusmilla que se lo podía permitir de vez en cuando, pero Chumbi movía a gente bien, famosos de la tele, directivos de grandes empresas, portadas de las revistas del corazón, esa gente en la que todo el mundo piensa por defecto, y piensa bien. De vez en cuando, si desaparecía por vacaciones o por asuntos familiares —Chumbi tenía tres hijos de dos mujeres distintas, y era un padrazo tremendo que llevaba a sus hijos a Disneyland París y les regalaba cosas carísimas cuando suspendían todas las asignaturas para «animarlos»—, enviaba un telegram encriptado a todos sus contactos con las instrucciones de a quién dirigirse y cómo. Se trataba de un grupo que había creado y en el que el camello de alta gama tenía incluida a gran parte de la élite de la farándula social y cultural de Madrid (también «pasaba» a políticos y empresarios, pero esos jamás compraban directamente, sino a través de terceros).

Aquella mañana, Chumbi vino a casa. Timbró dos telefonazos cortos y uno largo, como siempre: era un flipado. Se puso a contarme que había enviado un mensaje a ese grupo para anunciar que se marchaba unos días de viaje, y no supo qué tocó, pero en el grupo se visibilizaron todos los contactos. Todos. Si entre ellos se tenían en la agenda, podían saber perfectamente quiénes eran. «Como si se encendiesen de golpe las luces de un cuarto oscuro y estuviesen allí tus amigos, compañeros de trabajo y familia», repetía Chumbi, que no paraba de abrir cervezas y dejarlas a medias, como los cigarros. En seis segundos hubo cincuenta y cuatro «X salió del grupo». No había ninguna posibilidad de no ser visto: al salir, se notificaba; si no te ibas, quedabas expuesto a los demás. Un actor llegó a ver «Papá salió del grupo». Una modelo vio a su novio, presuntamente desintoxicado, y aún peor fue que el novio la viese a ella, que decía no haber probado nunca las drogas y que obligó al novio a meterse en una clínica. En fin. Aquello fue una carnicería. Todo el mundo se puso histérico. Quizá nadie como un escritor, que, presa de los nervios y de la ira, amenazó a Chumbi con denunciarlo. Hubo mucha gente a la que no le importó, claro, y esa gente se quedó en el chat los seis minutos que tardó mi amigo en darse cuenta del desaguisado y fulminar el grupo haciendo bromas y colgando memes, además de reírse de los que se marchaban a toda velocidad.

Cuando terminó con su historieta del día, le conté lo que había encontrado. No podía explicarle más. Me lo exigió hasta donde pudo y amenazó con sacarse de en medio.

—¿Crees que es un vuelco? ¿Crees que lo he robado? Llevaba años bajo tierra, está más o menos bien, la he probado: ha perdido fuerza, pero se vende. Se dice al tío que no es de mucha calidad, que la pruebe, se baja el precio y se le coloca —dije—. No había humedad ni calor, estaba bajo tierra: se conserva mejor así.

Nos reímos sin saber por qué, supongo que pensando en el dinero. Todo lo que odiaba Valen estaba en esas risas: el consumo, el tráfico, los cuelgues, las resacas, la gigantesca frivolidad con la que yo creía que mi vida no afectaba a la suya. Pero esa era la vida de Chumbi, y era la vida nuestra: historias divertidas relacionadas con drogas que se cortan de golpe para hacer negocios problemáticos con ellas. Chumbi abrió la mochila y sacó dos fardos. Tres kilos cada uno, «una barbaridad», dijo.

Al cabo de dos o tres días, me dio un teléfono de contacto y un punto de entrega en Málaga. «Se va para los moros», dijo. No contó más. Era un peliculero.

«Cero riesgos», dijo Chumbi, así que calculé un 37 por ciento de riesgo: a los camellos hay que deducirles siempre. «Por cierto, vas a cantar tanto en el coche de tu suegro que no te van a parar: es como llevar la droga en una carroza de los Reyes Magos a golpe de febrero».

El 131 Mirafiori blanco del padre de Valen se había venido a Madrid hacía años y se había quedado aparcado en las afueras; lo movíamos de vez en cuando para algún viaje a la sierra. Su padre murió de forma inesperada, y Valen se dolió siempre de esa muerte porque, al contrario que la de su madre, no la vio venir, y al no verla venir tampoco la vio volver. Pasamos seis días en el hospital mientras el cáncer desmontaba a toda velocidad las funciones básicas de aquel hombre extraño a quien Valen, lo descubrió entonces, quería una barbaridad. Porque, insípido como era, destinado a una vida aburrida y poco sospechosa, fue a casarse con una mujer que veía muertos y tuvo una hija que también los veía. Quizá pensó que, al morir, vería a Valen más a menudo.

Nunca quise más a Valentina Barreiro que cuando murió su padre y la dejaron por fin, sin abuelos y sin padres, delante de Dios; no hay recuerdo que más cerca tenga que ese, el de verla atropellada por el dolor en una pendiente que no esperaba: la enfermedad velocísima de su padre. Ella también se debilitó hasta enfermar, y apareció ante mí de una forma inédita, con todas las inseguridades y complejos a la vista. Día y noche la tuve en mi pecho o en mis manos, y lloraba con ella recordando a aquella niña rellenita de los dieciséis años que se pintaba el pelo y que se enamoró de mí poco a poco, como quien entra despacio en el mar, sin saber cuándo dejará de tomar pie. Mi niña, mi pobre niña huérfana. Habrá que agarrarle la cabeza y apretársela y acariciársela hasta espantarle los miedos susurrándole verdades, una detrás de otra: nunca la abandonarás, siempre estarás a su lado, la querrás siempre, le darás fuerzas cuando crea que ya no le quedan. La alimentarás y la dormirás, y estarás a un brazo de distancia, no más, de manera que cuando lo estire pueda tocarte y sentirte sin necesidad de saberlo, porque un día te esperó mirando el río Tambre, y pasaste caminando a su espalda hasta que supo reconocerte sin verte; la mirarás y te mirará, y no hará falta más. Dejaréis los mismos silencios que cuando erais niños, en Campolongo, pero en ese momento en la sala de espera de un hospital, porque la vida os llevará a muchos sitios gratos e ingratos, pero siempre os llevará juntos. Eso era así. Entonces ¿quién no creería en nosotros; quién se atrevería a no hacerlo; cómo se podía creer en Dios, al que nadie vio, y no en nosotros, a los pies de la cama de un hombre enfermo? Y cuando su hermano venga a avisaros de que «papá se va», de que aquel hombre llamado Maximiliano está a punto de dejar el mundo sin saber qué hizo él allí, escucharás desde la habitación contigua cómo ella, casi sin poder andar, se acercará a él para despedirse y le dirá «el dinero no da la felicidad, papá. No la da y no la dará en la puta vida».

Cuando Valen volvió a casa después de pasar unos días sola en Barcelona, le anuncié que me iba ese mismo día a Málaga para hacerme una cura de desintoxicación, una de esas que no valían para nada salvo para dar una tregua ilusoria: pasar al menos dos semanas sin alcohol en un lugar llamado Los Puertas, una aldea mínima no muy lejos del mar que encontré en Benajarafe. Una mentira, otra, pero esta mejor armada y sin infidelidades de por medio. «Alejado de todo», le dije, con campo y carretera para dar paseos con música, y mala conexión a internet, lo suficientemente mala como para dedicar algo de tiempo a pensar (a pensar bien, a ser lúcido, a no engañarse, a ser honesto —o sea, cruel— con uno mismo).

Valen me dijo que dedicaría esos días a estudiar un papel en la primera obra de ficción de Berta Soneira, una periodista que se había hecho famosa por un documental sobre el asesinato de Martin Verfondern, caso al que después seguirían otro documental, *Santoalla*, y una película que arrasó en los Goya, *As bestas*. Valen estaba encantada de conocer a Soneira, quizá también de perderme de vista y, lo más probable, de encontrarse con algún amante espontáneo porque nosotros, en los últimos cuatro meses, apenas nos habíamos acostado, tanto por su culpa como por la mía.

A primera hora de la tarde nos despedimos en el salón. Nos abrazamos varias veces, nos dimos muchos besos, le prometí que volvería como nuevo y ella me prometió que a la vuelta la encontraría más enchufada en la relación, más pendiente de mí y menos de su trabajo y sus peajes. Le dije «te quiero más que a mi vida», y era verdad; me dijo «y yo a ti». Le pregunté «yo a ti ¿qué?», y respondió «que te quiero».

—¿Más que a tu vida?

—Oye, de verdad, no empieces.

—Es que quiero oírtelo decir.

—Ya sabes que sí.

—Pero no lo dices.

—Se te va a hacer tarde.

—¿Me quieres?

—Mucho.

—Mucho se quiere a un hijo, o a un padre. ¿Me quieres a secas, como enamorada?

—Claro que te quiero.

—¿Más que a tu vida?

—Ya sabes que sí.

—Pero dímelo, mi amor. Dímelo, Valen.

—¿Que te diga qué, cariño?

—Que me quieres más que a tu vida, que lo darías todo por mí. Que estamos los dos en el mismo sitio, en el mismo lugar.

—¿De verdad estamos en el mismo sitio?

—No me quieres.

—Estoy cansada de decirte que sí.

—No lo dices.

—Tú lo dices mucho, pero te callas todo lo demás.

—¿Por qué te cuesta tanto decir que me quieres más que a tu vida, como yo te quiero a ti?

—¿Qué significa «más que a mi vida»? ¿Seguro que tú me quieres más que a la tuya?

—¿Me quieres más que a tu vida?

—¿A dónde quieres llegar?

—¿Me quieres más que a tu vida?

Se había roto un plato al principio de la conversación, luego un vaso, más tarde otro y una taza de café, pero ni volvimos la cabeza. Hacía calor. El sol estaba pegado al ventanal del salón, gigante, como si se hubiese acercado a escuchar. ¿Quién estaba rompiendo mi cocina? ¿Quién rompía mi casa? De pronto, reparé en ello.

—¿Quién es? —susurré.

—No es nadie.

—Mírame a los ojos y júrame decir la verdad. ¿Quién es y qué quiere?

—No es nadie, y no sé qué quiere.

—Todos quieren algo. Por eso se te aparecen.

—Pues debe de ser nuevo, porque no veo a nadie. Lo siento, no puedo decirte nada más.

—Joder, también lo siento yo: está rompiendo la vajilla. ¿Es César?

—¿César? ¿A qué viene eso?

—¿De verdad? ¿Tengo que decírtelo?

—No sé de qué estás hablando. —Le temblaba el labio, pero de pronto descubrí que no por lo que yo decía; miraba inquieta a todas partes. Me dio miedo.

—¿Es él? ¿Ha estado siempre aquí?

—¿Siempre? ¡Qué dices!

—Quién es.

—No sé quién es, de verdad.

—¿No ves ni escuchas nada? ¿Por primera vez?

—No hables de lo que no sabes.

—¿Solo rompe cosas cuando te pregunto si me quieres más que a tu vida?

—Creo que no las está rompiendo por eso.

—¿Por qué las está rompiendo, entonces?

—No lo sé, digo que no creo que sea por tu pregunta.

—¿Quién es, Valen?

—Te digo que no lo sé.

Una fuente se estrelló contra el suelo, salieron disparados varios platos y empezaron a caerse los cuadros.

—Nunca pasó nada así. Nunca alguien se puso así.

—Por eso no sé quién es.

—¿Me quieres más que a tu vida?

—Te he querido tanto, tanto, tanto... —Se le humedecieron los ojos.

—Y, ahora, ¿me quieres más que a tu vida?

—Esto no puede estar pasando... —Miró a su alrededor, la casa que se venía abajo. Empezó a llorar. Empezó a llorar muy despacio, como si no quisiera.

—No me quieres más que a tu vida, Valen, no lo haces. Me destroza. Me destrozas.

—Te quiero, ¿sabes cómo? Te quiero todo lo que quieres dejar que te quieran.

—¿Más que a tu vida?

Acercó sus labios a los míos. Le temblaban. Ya no sabían a nada. La abracé, la estreché contra mí como nunca lo hice, y nos besamos de nuevo, esa vez durante segundos.

—Tu boca, tu olor. Tu cuerpo. Ufff —me dijo al oído.

—Oye.

—¿Qué?

—Dime la verdad.

—¿Qué?

—¿Quieres casarte conmigo?

—¿Estás hablando en serio?

—Te quiero más que a mi vida. Nunca volveré a decirte algo más serio que eso y que esto: ¿quieres casarte conmigo?

—No puedo.

Se produjo un estruendo gigantesco. Cayeron las estanterías con las tazas de café y las botellas de vino. Su contenido se esparció por el suelo y llegó hasta mis pies y los de ella, mojándolos.

—¿Quién es, Valen?

Las cucharillas, las copas de vino, los tenedores, más platos. El ruido era insoportable.

—¿Quién es?

De repente cayó un libro. Solo uno, de un golpe seco. Valen lloraba ya de forma escandalosa, doblada sobre sí misma.

—Ese libro lo estuve colocando toda la vida por si aparecías.

—Valen, qué te está pasando.

—... —Pero no podía hablar; estaba tirada en el suelo, se agarraba las piernas.

Se abrieron y se cerraron las puertas del balcón, y los cristales se hicieron pedazos. Valen no podía parar de llorar, la sangre se le había ido de las manos y le temblaba todo el cuerpo.

—¿Quién está haciendo esto?

—Tú, mi amor, eres tú.

Se abrió y se cerró la puerta de la calle, y se escucharon sus pasos o los míos, ya no lo recuerdo, bajando a toda velocidad las escaleras, y el eco de esos ruidos es todo lo que quedó de nosotros.

Epílogo

No lo esperé dentro de la estación sino en la calle, apoyada en la puerta de un coche con un Ducados en la boca para encenderlo con una cerilla en cuanto lo viera, como si mi directora me hubiese gritado «¡acción!». Todo pareció casual, pero en mi cabeza había transcurrido una y otra vez. Fui desmaquillada y con el pelo suelto por encima de los hombros, el flequillo un poco desarreglado, un pantalón pirata negro y una camiseta de tirantes que deje ver mis lunares. Jugueteé con el móvil, como siempre que estoy nerviosa, pero en cuanto vi que empezaba a salir la gente de la estación miré al horizonte con el cigarro en la boca para que me encontrase guapa cuando saliera y supiese que lo estaba haciendo por él, como siempre.

Recordé, mientras lo esperaba, lo enamorada que estuve de él, las cosas que vi por él, las cosas que me negué a ver por él. Lo feliz que lo hice y lo feliz que me hizo él a mí; lo que me hizo sufrir a mí y lo que le hice sufrir a él. Lo vacía que me sentí cuando empecé a desenamorarme las primeras semanas de aquel enero; lo triste que sospechaba la vida sin estar enamorada de él; las ganas que tenía de que las cosas que empezaban a pasarme con otros me hubiesen pasado siempre con él.

—¿Qué tal estás?

—Bien, supongo. Cuánto tiempo.

189

—¿Quieres que demos un paseo hasta el centro?

—Claro.

Pensé que eso es lo que más me gustaba. Las conversaciones sin confianza, los nervios delante de una persona con la que no los tenías nunca; ese momento a oscuras en un lugar en el que hubo luz y juegas a tratar de adivinar dónde estaban las cosas, si se habían cambiado de sitio o seguían en el mismo. Es bonito un ex, después de todo. Alguien a quien pierdes y vuelves a ver, una persona que fue tuya y que ya no lo es. No había nada más extraordinario que la belleza de lo que no se puede explicar ni preguntar ni responder ni saber. Yo sabía mucho de eso. Había aprendido a encontrarla al fondo del terror, había podido incluso convivir con ella en medio de ese espanto. Hay sentido en todo si una se dedica a buscarlo sin prejuicios. Un ex, alguien a quien amaste y ya no amas, alguien por quien dabas la vida y ya no la das, es un misterio bellísimo; es el camino de vuelta de un viaje que no sabías que fuese otra cosa que de ida.

—Vengo a entrevistar a la Nazarena, la cantaora. Ahora me dedico a hacer obituarios por adelantado —dijo con una sonrisa amarga—. La abuela de Ruth, ¿te acuerdas de lo pesada que era con ella?

—Muy bien. Y aprovechaste para verme.

—Bueno. Me enteré de que habías vuelto de Estados Unidos y que estabas aquí. Pensé que quizá era buena idea, surgió de casualidad.

Mariola Campuzano, la Nazarena, había muerto del mismo cáncer que se había llevado a su hija y, muy recientemente, a su nieta. Fue la primera cosa de muchas que no le dije.

Estaba igual que la última vez que lo vi, también igual de perdido. Mismas zapatillas deportivas, mismos vaqueros gastados. Lo había visto aparecer caminando profundamente solo, como están siempre ellos: solos y perdidos. No llegó entero porque son trozos, partes que se han quedado en este mundo vinculadas a algo, a veces solo sonidos. Su pelo enmarañado y gris, la delgadez, el vacío. Nunca me acostumbraré, siempre me asustaré, nunca será normal, jamás sabré si estoy bien o no.

Hace mucho le conté que, cuando tenía ocho años, me desperté en medio de la noche, vi a un hombre sentado de espaldas a mí en la cama y empecé a chillar hasta que apareció mi madre y me apretó la cabeza contra su pecho, meciéndola hasta que me calmé, y me dijo «ya no está, se ha ido, puedes dormir tranquila». Poco después, en casa de mi vecina Margarita, había visto de nuevo al hombre. Salía en una foto y tenía sentadas a ella y a su hermana en las piernas, delante de una tarta de cumpleaños hecha de piña y nata. Margarita me contó entonces que aquel hombre era su abuelo y que «estaba en el cielo». Pero lo que yo no le conté a nadie fue que la mañana después de que se me apareciera el fantasma del viejo sentado en mi cama me crucé con él en nuestro portal y me dio los buenos días como si nada. Me di cuenta entonces de que yo había visto su fantasma poco antes de morir, abatido en mi cama, cabizbajo, supongo que queriendo decirme algo, pero incapaz de ello y asustado cuando empecé a gritar. Y aún volvería a verlo años después. Quería, simplemente, que separase a su hija, la madre de mi amiga, y a Margarita de su padrastro, porque les hacía daño. Pero no supe cómo, la mayoría de las veces no sabía cómo.

Por eso nunca llegué a contarle que cuando sintió cómo mi mano entre las suyas se endurecía, tiesa y rígida, en el banco de aquella plaza de Pontevedra en el que nos sentamos a los pocos meses de habernos conocido, fue porque vi el fantasma de César por primera vez; de lejos, con la mirada horrorizada, completamente empapado, apoyado en la esquina de la perfumería Pincel. No había muerto, iba a morir, quizá ya estaba dentro del mar, o el barco había empezado a hundirse, o quizá eso iba a ocurrir en unas horas, no más; solo de algo estaba segura: yo no podía hacer nada, casi nunca puedes hacer nada.

Eso pasó con él. Eso pasó cuando me preguntó si lo quería más que a mi vida, pero yo ya no lo quería más que a mi vida; y cuando me preguntó si quería casarme con él, pero yo no podía casarme con él, aunque hubiese querido. Y mientras me lo preguntaba pude verlo loco de frustración en la vida, porque no le respondía, y en la muerte, porque no le respondía, tirando cosas al principio sin dar crédito, tirándolas todas de golpe después. Me importaba, lo querría siempre, pero había dejado de quererlo como lo había querido: había soltado una mano, y luego otra, y lo que no pudo soportar fue que él mismo hubiera hecho todo lo posible para que se las soltase.

Propuso ir al Pimpi. Teníamos una mesa allí, casi en la salida por la calle de la puerta de atrás, un barril que considerábamos nuestro cuando viajábamos a Málaga.

—¿Cómo estás? —le pregunté.

—Vamos a tomar cervezas, tengo que contarte tantas cosas de estos años.

Pero no tenía que contarme nada. Su vida era una imitación de la vida; un simulacro de ruptura, un simulacro de soledad, un simulacro de frustración, un simulacro de tortura; estaba dispuesto a sufrir lo indecible por creerse vivo, como tanta otra gente que lo hace para seguir estándolo. Sus conversaciones, poquísimas, cuatro o cinco en estos años, eran imaginarias. Seguramente originales y divertidas, porque él lo había sido hasta que se terminó de estropear, pero necesarias para creerse vivo y en batalla, aun habiendo cruzado las fronteras sin piedad de nadie. Escribía, sí, y su escritura era como él, fragmentada, casi invisible, empezaba un párrafo y no lo terminaba, en medio había dos o tres palabras, a veces aparecía alguna suelta; era un muerto queriendo vivir, queriendo engañarse sin pretender engañar a nadie más. Lo supe cuando volví a aquella casa que él dejó ocupada por su fantasma, alguien que se asustaba y escondía cuando escuchaba ruidos; allí encontré folios sin apenas letras, libros abiertos, un historial web enfermizo en un ordenador.

Pedí algo de beber y de comer. «Tengo tantas cosas que contarte», repitió, pero cada vez me costaba más entenderlo. Yo tenía aún más cosas que no contarle. Por ejemplo, que César estuvo obsesionado conmigo porque fui para él la sustituta de su hermana; la separaron de él al entrar en el reformatorio, donde estuvo encerrado por matar a un compañero del colegio por accidente, como quedó acreditado en el juicio, y cuando salió y se fue con su abuela a la aldea me encontró a mí, y fuimos inseparables de la manera en que pueden serlo dos niños a punto de dejar de serlo que creen que el otro es más divertido e inteligente. Dibujaba sin parar a Rebe, su hermana, y recreaba situaciones cotidianas con ella que él había vivido, y decía y lamentaba que la echaba de menos, y aunque intentaba recordarla una y otra vez, una y otra vez, se le iban yendo de la cabeza su cara y su voz, dejaba de olerla y de recordar su olor, olvidaba su ropa y el momento en que la compró, y odiaba, eso me decía, pensar en el día en que no tuviese ya nada, no pudiese agarrarse ya a nada, no hubiese nada debajo de él, y volviese a empezar de cero otra vez.

Pero había decidido, al volver a la calle después de cumplir condena o lo que fuese aquello, alejarse de su hermana, separarse de ella o huir directamente. Decía que el daño que puede hacer un niño a los once no tiene nada que ver con el daño que alguien puede causar a los catorce. El daño que él mismo había hecho a su abuela y también a mí, involuntariamente, cuando decidí responsabilizarme de su suerte, cuando elegí alejarlo de los problemas para, sin querer, llevarlo a una muerte peor: la herencia de sí mismo, su propio fantasma, merodeando mi vida para protegerme según él, para recordarme —según lo veía yo— mi decisión y el peso que llevaba conmigo, imposible de olvidar o ni siquiera alejar.

Hay gente buena que toma malas decisiones que le hacen mejor la vida, y gente buena que toma buenas decisiones y se la hacen peor. César Estevo lo que debió de hacer en sus últimos segundos de vida, sin rencor, fue esperar a que se acercase Dios y le dijese, con el corazón lleno de disculpa tardía, «perdón». No podía alejarlo de mí como sí alejaba otros fantasmas. Me superaba la culpa, me podía el mal vivir que le había dado todos esos años a su abuela por no asumir mi mala suerte, la mala suerte de todos nosotros.

—¿Y qué tal estás tú? ¿Estás bien? —me lo preguntó, pero yo ya casi no lo escuchaba, y empezaba a dejar de verlo. Qué diferencia con respecto a cinco años atrás, cuando emergió de entre la luz que llenaba todo el salón mientras discutíamos y pude verlo, verlo con claridad, enfurecido tirando toda la casa; estaba no entero, pero casi; estaba recién muerto, y era fuerte y se hacía notar.

—Ya no estás, ¿lo sabes? Saliste en las noticias. Casi descarrilas un tren tú solito con el coche de mi padre. Y creíamos que ya no valía para nada —sonreí con amargura.

No podía distinguir su mirada, ya no. Pero podía sospechar su tristeza. Recordé que le encantaba despertarse primero y asomarse a la ventana para gritar que yo, reina de Valentinas, ya estaba a punto de levantarme, como si abajo hubiese un ejército esperando su señal. Recordé que le encantaba comer pasta con carne picada directamente de la olla. Recordé que, ya adolescente, odiaba cortarse las uñas y su madre y yo teníamos que esperar a que se durmiese para cortárselas. Recordé que soñaba en alto, que le encantaba beber agua muy fría incluso en invierno, que decía «*shitty*» cuando se pegaba contra una mesa, que vivía mejor dentro de la culpa que de la inocencia: a veces le hacían tanto daño que pasaba días reuniendo pruebas de que merecía ese daño, y si no las encontraba y era evidente que era inmerecido e injusto y cruel, colapsaba de forma dramática y podía llegar a deprimirse meses. Recordé que me encantaba peinarle cuando estaba dormido.

—Tienes la misma mirada que cuando te fuiste corriendo del piso.

—No… no puedo saberlo.

Me dio muchísima pena escucharle decir esa frase. ¿Por qué tuvo que volver loca a alguien que se sospechaba loca, y se comportó así con la mujer de su vida, alguien a quien quería tanto, que le había dado tanto, que le había dado todo? Y, sin embargo, lo que más me dolía era que hubiese hablado de nosotros a la gente que nos rodeaba; que hubiese destripado nuestra relación de tantas maneras, por las drogas o por el resentimiento, y yo pasara los últimos años saliendo con amigos, ya no solo sus amantes, que sabían más de mí que yo misma, de problemas de mi relación que ni yo sabía que existían; que mi vida formase parte de los secretos que comparten tus seres más cercanos a tu espalda, y haber convertido algo nuestro, algo que solo nos pertenecía a nosotros, en algo de todos menos de mí.

Pero no le dije nada. Para qué. No le había reprochado nada nadie, tampoco tenía cerca a nadie que pudiese reprocharle algo. Supongo que, de tenerlo, habría sido un héroe de guerra con condecoraciones. Yo sabía de qué iba esto. Había visto a una amiga mía montarle un número a su marido porque el hombre, en la playa, se metió en el mar al mismo tiempo que una chica guapa; y a esa misma amiga disculpando a otra que se acostaba con medio despacho de abogados de su pareja. Entre la amistad y los destrozos que dejan tus amigos, puede la amistad; entre la amistad y tus demonios, pueden tus demonios.

Yo le había perdonado y él tenía motivos para perdonarme a mí. Quiénes éramos nosotros para no perdonarnos, de qué cueva habríamos salido si no pudiésemos perdonar, si viviésemos con el rencor o la ofensa o el agravio delante de las narices todo el día, si no supiésemos que los amores también se descomponen y se pudren como se descomponen y se pudren los cuerpos. El nuestro había sido tan excepcional que nos obligó a convivir con cosas que no podíamos entender ni queríamos, para empezar nosotros mismos. Claro que no le dije nada: le había querido más que a mi vida, y eso era suficiente.

—¿Sabes por qué lloraba tanto en los últimos meses?

—No.

—Da igual. —En el momento justo de ir a hacerle daño supe cuánto lo quería aún.

—¿Todo pasa por algo?

No respondí, no sé si porque no podía ya hablar más con él. Tampoco él dijo nada. Aquellos últimos meses juntos lloraba no porque sintiese que me estaba dejando de querer, sino porque yo le estaba dejando de querer a él. Por la pena inmensa de saber que, si no me cogía el teléfono, más que enfadarme, aquel gesto me aliviaría; si nos íbamos de viaje juntos y volvía a casa una noche antes que yo, sentía una íntima felicidad que no compartía con nadie por vergüenza; si se iba de Madrid por trabajo o por fiesta, yo salía todos los días que pudiese. Esos últimos tiempos lloraba por mí, porque no sabía si podría volver a querer a alguien de la misma manera en que lo quise a él; porque no sabía si volvería a aparecer alguien que me hiciese sentir lo que me hacía sentir él; porque había sido el único hombre de mi vida y con él aprendí a querer y a dejar de querer, y entonces no supe qué hacer porque nunca había estado en ese lugar, el lugar en el que hay aprenderlo todo otra vez, pero sola. Lo que más me dolía es que nunca fui tan buena como entonces, nunca tuve tantas ganas de algo como de complacerlo a él, nunca volví a sentir lo que sentía cuando llegaba a casa y lo veía a él, o salía a su encuentro, o me dormía cuando nos poníamos a ver una película o una serie o lo que fuese, porque lo único que me apetecía era estar a su lado.

No sé cuánto tiempo pasamos en silencio. Salimos del Pimpi, o al menos yo creo que él salió conmigo, porque ya apenas lo veía. Sonreí pensando cuánto tiempo lo había esperado. No hubo un día desde que murió en que no saliese a la calle pensando que lo iba a ver, que se me iba a aparecer; me hacía la interesante cuando caminaba, mirando el móvil como si leyese algo muy divertido para poder sonreír y que me viese así; estaba nerviosa cuando cruzaba una plaza o una terraza o una carretera como están nerviosas esas personas a las que dejaron por otra y temen cruzárselas cada segundo de su vida. Todo estaba dispuesto en mí para el momento en que apareciese: desde la ropa hasta el maquillaje, los gestos, el peinado, mi ánimo, siempre en alerta y en tensión, como el día eterno en que lo esperé encima de una silla en medio del salón.

Nunca me arrepentí de nada que me hubiese ocurrido con él porque sé que lo bueno, cuando es lo mejor, tiene un coste, y aunque pudo hacer mejor las cosas y yo también pude haberlas hecho mejor, no me arrepiento de un solo día su lado, tampoco de los peores, porque hubo momentos juntos que compensaron cualquier infierno, y si comparo los días buenos con los días malos hubiera sufrido en casa un poco más, hubiera llorado por las calles un poco más, hubiera molestado aún más a más amigas con mis parrafadas enloquecidas a raíz de descubrir la verdad por unos meses más con él, aunque no me quisiese y yo le estuviese dejando de querer; unos meses más con él aunque fuesen con reloj de arena: durmiendo con él, desayunando con él, oliéndole, sabiendo que era mío y yo de él, que era la sensación más agradable y pacífica del mundo, la rara sensación de un mundo por fin ordenado durante unos minutos al menos.

Lo dejé de ver y lo dejé de sentir. Dejé de saber si estaba a mi lado. De camino al hotel, vi al hombre que da de comer a los gatos en una esquina de la calle Larios. Al volver a mi habitación, traté de concentrarme en el guion del día siguiente, pero fui incapaz: ya me rodeaba una plaga de recuerdos vivos como pirañas que me entretuvo, sin agitarme, hasta que me quedé dormida. En unos minutos, mientras aún es de noche, haré café para aguantar. Habré dormido apenas una hora. Me asomaré al balcón y contemplaré el mar. Encenderé un pitillo y luego otro, y recordaré la cantidad de horas que he pasado pensando en los hombres. En hombres como César que aprendieron a tiempo que hacen sufrir a la gente y se echan a un lado; en hombres como tú, que se terminan corrompiendo porque su familia les dio hecha la mitad del camino y no les contaron cómo seguir la otra parte. Pensaré en la extraña forma del amor y el dolor, en cómo conviven y se necesitan, cómo se arraigan en los cuerpos de personas como nosotros, que no tuvimos a nadie más durante años y no pudimos comparar ni distinguir ni saber cuándo pasaba el amor y cuándo el dolor, y nos dio igual hasta que fue demasiado tarde. No dormiré ya esta noche, y mañana estaré hecha polvo en el rodaje, pero me producen placer las horas que me esperan: horas de pensar en lo que estuvo bien y estuvo mal, mientras abro una cajetilla detrás de otra y siento cómo la cabeza va tan rápido que parece que el disco va a salirse de un momento a otro. Pensaré en mi primer fantasma y el horror que me produjo, y en el segundo y la mezcla de horror y fascinación, y en el tercero y en el cuarto, y en las verdades que ni yo misma sé si lo son; pensaré en que un secreto que no se puede compartir no es un secreto sino una condena, y me preguntaré si alguna vez fuiste consciente de eso y te pusiste en mi lugar. Me arrastraré hasta el minibar, abriré una cerveza y pensaré en aquella mañana que me llevaste a Mera; te drogaste todo el día con tus amigos y nunca te vi tan perdido, tan fuera de tu cabeza, manso e intraducible, a punto de perder la consciencia. Pensé esa noche en cómo dejarte, y al día siguiente nos tumbamos en la playa, pusimos el móvil entre los dos y dejamos que sonara la música, y nos dormimos pegados el uno al otro: al despertar nos metimos entre unas rocas, alejados de los bañistas, y disfrutamos del mejor sexo que habíamos tenido nunca, agitados por la posibilidad de que nos viesen, enfurecidos por la bronca del día anterior, desesperados por no saber si era la última vez. Pensé entonces: el amor de verdad hace daño; y pensaré ahora: el amor de verdad cura ese daño. Ver fantasmas me enseñó a ver de qué están hechas por dentro muchas vidas, sus autopsias morales, pero eso no me hizo mejor persona, sino un poco peor. No aprendimos nada de los destrozos del tiempo ni de los destrozos de las sospechas: tú y yo fuimos una lección de los destrozos que las personas nos hacemos a nosotras mismas por vanidad o por aburrimiento, ni siquiera por pasión. Tú y yo nos quisimos tanto que, al ver que no podíamos querernos más ni mantener por más tiempo ese amor, empezamos a darnos poco a poco la espalda como se la dan los duelistas, y fue entonces cuando decidimos que el primero que se diese la vuelta se salvaría, pero nunca se salva nadie. Pensaré en todo eso y pensaré hasta muy tarde, casi hasta el amanecer, y no me producirá pena ni nostalgia. Pensaré en los días y las noches que se repiten, en las mujeres y hombres que se repiten, y en sus vidas y sus muertes, que se repiten, y en que ni siquiera lo extraordinario y lo fantástico puede cambiar nada que se repite desde que empezó. Pensaré en que cualquier día, apoyada en un puente durante horas o perdida en un centro comercial, me temblarán las piernas y sabré que estás allí, conmigo, exactamente igual que cuando estabas vivo, y la sensación será tan impresionante que tendré que sentarme y darle vueltas durante horas a eso. Pensaré en que el mayor misterio es el tiempo: el tiempo lo salva y lo destruye todo, y quienes le plantan cara acaban locos o deformados. Pensaré en que, a veces, incluso de las experiencias más extremas no se aprende nada, y que la única enseñanza de llevar treinta años viendo fantasmas es que los muertos están un poco locos, sobre todo porque no dejan marchar las cosas o no dejan irse los recuerdos y se obsesionan con algo hasta que el tiempo les dobla el pulso y los manda a la muerte o a la locura. Mi niño, mi pobre niño, mi hombre roto en pedacitos de niño. Pensaré en ti cada vez menos, y cuanto menos piense mejor será el recuerdo, y así es con todo siempre; nos protegemos y nos cuidamos hasta que nos quedamos solos y no sabemos de quién protegernos y de quién cuidarnos, y empiezan los problemas. Pensaré, mientras se hace de día y no he memorizado el papel, en que todo merece la pena, tú la mereciste, nosotros juntos la merecimos incluso en el despiece. Pensaré y pensaré y pensaré. Y escucharé tu frase final como un eco, «todo pasa por algo», y me diré a mí misma que no, que no todo pasa por algo; a veces algo pasa por nada, pasa porque pasa, pasa sin que nadie pida que pase o vaya a aprender algo de ello. Hay cosas de las que no se saca ninguna lección, cosas que se te podrían haber ahorrado o no, cosas que olvidas rápidamente o recuerdas toda tu vida y que no significan nada olvidándolas o recordándolas, y es convivir con esa certeza lo que nos hace fuertes y extraños y curiosos; es ser consciente de eso por lo que estamos preparados para todo, también para sobrevivir a la muerte como se sobrevive a un accidente a trescientos kilómetros por hora: de cualquier manera. Me preguntaste una vez «por qué», tú que nunca preguntabas, porque te alerté de que hay cosas que nos empiezan a doler un segundo antes de saber que existen, y no te dije que porque creen que hay algo o alguien que tiene suficiente fuerza para mantenerlos aquí un tiempo, y sorprendentemente lo consiguen, y sorprendentemente resisten en un equilibrio pobre que produce ternura; niños, pobres niños asustados a los que la muerte les hizo llegar tarde. Eso pienso ahora mientras veo moverse las cortinas, quién sabe si por el viento (porque tú no eres, tú te fuiste, tú me conoces ya y sabes que no me gusta), poco antes de que me meta en la ducha y me arregle para ir al rodaje sin tener nada aprendido, sin haber sacado siquiera los papeles del bolso, y aun así actúe durante horas como siempre, sin guion, sin historia, actúe y actúe y actúe, y no deje de actuar aunque escuche «corten» una y otra vez, una y otra vez, porque seres como tú y como yo, amor mío, criaturas como tú y como yo, amor de mi vida, hemos venido al mundo para escuchar «acción» y actuar, actuar sin parar, incluso aunque se baje el telón y se vaya la gente y se apaguen las luces y no quede nadie, nadie, solo yo.

Este libro se terminó
de imprimir en
Móstoles, Madrid,
en el mes de
octubre de 2023

«Para viajar lejos no hay mejor nave que un libro».

EMILY DICKINSON

Gracias por tu lectura de este libro.

En **penguinlibros.club** encontrarás las mejores
recomendaciones de lectura.

Únete a nuestra comunidad y viaja con nosotros.

penguinlibros.club

Penguin
Random House
Grupo Editorial

penguinlibros